KB057286

월리엄

윌리엄

2쇄 펴낸날 2020년 7월 15일
펴낸날 2020년 2월 19일

지은이 김동희
펴낸이 주계수 | **편집책임** 이슬기 | **꾸민이** 김소은
펴낸곳 밥북 | **출판등록** 제 2014-000085 호
주소 서울시 마포구 양화로 59 화승리버스텔 303호
전화 02-6925-0370 | **팩스** 02-6925-0380
홈페이지 www.bobbook.co.kr | **이메일** bobbook@hanmail.net

© 김동희, 2020.
ISBN 979-11-5858-640-9 (03810)

윌리엄

김동희

윌리엄,

그건 너의 것이 아니란다.

커피는 참 흔하디흔한 음료다. 길 가다 손만 뻗으면 커피 한 잔을 손에 쥘 수 있을 정도니까. 세상에 이렇게 만만한 것이 어디 있나? 그런 당연하고 익숙한 것에서 호기심을 자극할 만한 새로운 글감을 찾는 게 쉬운 일은 아니다. 그래서인지 커피에 관한 일련의 글쓰기를 마치고 나면 나는 커피에 대해서 더 이상 쓸 게 없다는 생각을 한다.

하지만 신기하게도 커피를 추출하고 손님들을 만나는 일상을 다시 반복하다 보면 어김없이 컴퓨터 앞에 앉아 열심히 글을 쓴다. 애써 외면하려 하지만 그럴수록 더 많은 단어와 감정이 스멀스멀 피어올라 사람을 괴롭힌다.

'역시 난 잡생각이 많은 사람이야!'

커피나 열심히 볶지 왜 또 새로운 일거리를 떠올리고 있냐며 몇 번이나 스스로를 질책해 보지만 어쩔 수 없다. 그렇게 생겨먹은 것을.

언젠가 잠비아의 11세 소년 윌리엄의 손편지를 받았다. 정말 오랜만에 받아보는 짧은 손편지와 천진난만한 아이의 사진을 보는 동안 내가 사는 곳의 풍요로움을 떠올리지 않을 수 없었다. 진담 혹은 농담으로 내뱉는 '흙수저', '이생망'이라는 말의 무게가 얼마나 가벼운 것인지도 생각해 보았다.

솔직히 가진 게 없어야 행복한지, 많이 가져야 행복한지 잘 모르겠다. 행복을 추구하며 사는 것이 반드시 좋은 것인지도 판단하기 힘들다. 누군가의 행복이 누군가에겐 불행일 수도 있고, 행복과 불행이란 두 단어 속에 세상의 모든 감정을 욱여넣을 수도 없기 때문이다. 삶이 고되고 힘든 순간 잠시 흘린 눈물로 위로를 받는다면 우리는 그것을 행복이라고 부를 것인가 불행이라고 부를 것인가?

'우리는 모두 윌리엄.'

카페에서 일하는 동안 많은 사람을 만났고 다양한 고민을 들었다. 고민이란 다른 사람에게 일어났다면 아무 관심도 없었을 일들인데 나에게 일어났기에 천근만근 무거운 것이다.

우리는 막막한 현실 앞에서 좌절할 때 스스로의 무능을 질책하기도 하고 자신이 처한 환경을 탓하기도 한다. 하지만 그래서는 안 된다. 머리를 쥐어짜며 방법을 찾고, 심장이 저릴 만큼 아픈 시간을 보냈다는 것을 잘 알고 있기 때문이다. 남들처럼 문제를 잘 해결하지 못하거나 원하던 성과가 나타나지 않아도 의기소침하지 말고 스스로에게 보내는 박수 소리에 귀를 기울여야 한다. 모두 자신이 처한 환경 속에서 꿋꿋하게 살아가고 있는 윌리엄이기 때문이다. 환경이라는 것은 자신이 조금씩 헤쳐나가고 있는 한없는 우주이기도 하다.

원고를 모두 마무리한 후 나는 연습장에 10cm 남짓한 가로 선을 그었다. 제일 왼쪽 시작점에는 숫자 0을, 제일 오른쪽 끝점에는 넉넉하게 100을 적었다. 그리고 1/10쯤 되는 지점에 작은 세로 선을 긋고 그 위에 '윌리엄'이라고 적었다. 윌리엄과 함께 하는 지난 몇 달 동안 나는 아름답고 애틋했던 유년 시절을 다시 살다 온 것 같은 묘한 기분을 느꼈다. 10 이후의 가로 선을 모두 지워버리고 다시 그 시절로 돌아갈 수 있다면 참 좋겠지만 나는 가로 선 중간쯤 어딘 가에서 100을 향해 가고 있는 윌리엄이다. 매일 아침 커피를 볶고, 카페에 온 사람들을 만나며 살아가는 윌리엄이다. 가로 선이 가득 찰 때까지 건강하게 더 많은 사람들과 커피를 즐길 수 있으면 좋겠다.

프
롤
로
그

소년의 발걸음이 점점 빨라졌다. 가까이 다가가면 갈수록 색이 옅어졌기 때문이다. 소년은 꿈꾸던 순간을 눈앞에서 놓치게 될까 봐 속도를 내어 달리기 시작했다. 한가로이 풀을 뜯고 물을 마시던 가젤과 기린의 무리는 소년의 발소리에 놀라 숲속으로 달아났다.

목적지에 도착한 소년은 거친 숨을 내쉬며 사방을 둘러보았다. 한 치 앞도 분간하기 힘든 물안개와 머리가 흔들릴 듯 울려대는 소리만이 가득했다.

'어디로 사라졌지?'

소년은 멀리서 보았던 무지개를 찾아 주변을 두리번거렸다. 이끼가 가득 낀 습한 바위 아래에도, 동물들이 사라진 으슥한 풀숲 어디에도 무지개의 뿌리는 없었다. 엄청난 물기둥이 뿜어내는 굉음이 온몸을 휘감아 오싹한 기운을 느끼게 했다.

물안개에 온몸이 축축하게 젖고 나서야 소년은 푸념하며 돌아섰다. 결국, 무지개에 대한 소문은 사실이 아니었다. 오

랜 시간을 기다려 온 것에 비하면 너무나도 짧은 시간이었
다. 아쉬움이 많이 남았지만 무지개는 만질 수도 없고, 그 뿌
리 또한 없다는 것을 자신의 두 눈으로 직접 확인한 소년은
더 이상 그곳에 머무를 이유가 없었다. 소년은 앞으로는 이
런 일에 시간 낭비를 하지 않아도 되어 다행이라는 생각이
들었다.

소년은 자신이 경험한 사실을 친구들에게 어떻게 이야기
해야 할지 생각하며 흙먼지 가득한 아프리카의 초원을 맨발
로 걸었다.

1

건기의 막바지에 이른 아프리카 남부 카마야 지역의 9월.

뜨거운 태양 빛 아래 각양각색의 두건을 머리에 두른 여인들이 열심히 커피를 따고 있다. 여인들이 목이나 어깨에 메고 있는 바구니에는 빨갛게 익은 커피가 가득했다.

이마에 땀방울이 송송 맺힌 윌리엄도 길게 끈을 둘러 어깨에 멘 바구니에 커피를 따서 담느라 여념이 없었다. 여인들에 비하면 커피 따는 속도가 빠르지도 못하고, 가끔씩 커피가 흘러내리는 어설픈 바구니 때문에 애를 태웠지만 열정만큼은 그들 못지않았다.

카마야에 커피 농장이 생기기 전에는 어느 누구도 커피에 대해 말하지 않았다. 커피 농장이 생기고 본격적인 수확이 시작되면서부터 카사바나 옥수수, 감자, 목화밭에서 일하던 원주민들이 점점 커피 농장으로 모여들었고, 지금은 카마야 지역에서 가장 많은 사람이 일하는 곳이 되었다. 커피 농장에서 번 돈으로 음식과 생필품을 구입할 수 있게 되었고, 아이들을 건강하게 키울 수 있어 커피는 이제 카마야 원주민들의 삶에서 가장 중요한 농작물로 여겨졌다. 하지만 지금도 커피 농장에서 일을 하고 있는 이들을 제외하면 커피나무가 어떻게 생겼는지, 커피를 어떻게 먹는지 모르는 사람들도 많았다.

커피를 따던 이십여 명의 여인들이 농장 바깥에 있는 커다란 바오밥 나무 아래 그늘로 향했다.

"윌리엄! 좀 쉬었다 해."

이웃에 사는 리비아 아주머니다. 아니 엄밀히 말하면 리비아 누나다. 리비아 누나는 열세 살 때 윌리엄의 이웃집에 사는 서른여덟 살의 넬슨 아저씨와 결혼을 했다. 넬슨 아저씨가 몇 년 전 에이즈로 세상을 떠나기까지 다섯 살 제니와 네 살 라멜라 둘을 낳았다. 예전에는 줄루 할머니와 함께 집에서 가까운 카사바나 옥수수밭에서 일을 했는데 요즘은 카마야 3지구 커피 농장에서 일하고 있었다.

할리 아저씨와 에드워드 형을 제외하고는 이 농장에서 커피를 따고 있는 유일한 남자인 윌리엄은 리비아 누나의 관심이 부끄러워 자신을 부르는 소리를 애써 못 들은 체했다.

"윌리엄!"

리비아가 다시 자신의 이름을 부르자 윌리엄은 아무 대답도 하지 않고 여인들이 쉬고 있는 나무 그늘을 향해 못 이긴 척 걸어갔다. 커피 농장 이곳저곳에는 여인들이 놓고 간 커피 바구니들이 널려 있었지만 윌리엄은 바구니를 어깨에 그대로 메고 그늘로 향했다. 아무래도 바구니를 가지고 다니는 게 마음이 편했기 때문이다. 윌리엄은 여인들이 자신을 자꾸만 쳐다보고 있는 것 같아 고개를 들 수 없었다.

바오밥 나무 아래에 도착한 윌리엄은 여인들과 최대한 멀리 떨어져 앉았다. 늘 그렇듯 윌리엄처럼 조용히 앉아 있는 사람은 아무도 없었다. 그렇다고 커피에 대한 이야기를 하는 사람도 없었다. 여인들은 각자 지난 하루 동안 있었던 일들을 수다스럽게 이야기하며 웃고 떠들었다. 커피 농장이 생기기 전에는 다들 먹고 사는 문제를 해결하느라 힘든 하루하루를 보냈었는데 요즘 같은 커피 수확 철에는 가족들이 끼니 걱정을 하지 않아도 될 만큼 충분한 일당을 받을 수 있어서 다들 표정이 밝았다. 윌리엄은 혹시라도 저들 중 누군가가 자신에게 말을 걸어오지나 않을까 잔뜩 긴장한 채 조금 전 자신이 커피를 따고 있던 곳만 계속 바라보고 있었다. 따가운 햇살 아래서 커피를 따는 일이 쉽지는 않았지만 이런 불편한 휴식보다는 훨씬 낫다는 생각이 들었다.

"윌리엄!"

리비아 누나가 작은 시마 한 덩이를 건네며 윌리엄을 불렀다. 윌리엄은 또 애써 못 들은 척했다.

"윌리엄! 이것 좀 먹어."

이제야 자신을 부르는 소리를 들은 것처럼 윌리엄은 리비아를 향해 고개를 돌렸다. 리비아를 향해 걸어가면서도 윌리엄의 시선은 땅바닥을 향해 있었다.

"배고프지?"

윌리엄은 괜찮다는 듯 고개를 흔들었다. 자꾸 말을 시키지 말고 그냥 시마를 주면 좋겠다는 생각을 했다. 윌리엄의 마음을 읽었는지 리비아 누나는 더 이상 말을 걸지 않고 윌리엄의 손에 시마 한 덩이를 쥐여주었다. 윌리엄은 인사를 하는 둥 마는 둥 자신이 있던 자리로 돌아와 앉았다. 이제 다시 자신을 부를 일이 없을 것이라는 생각에 마음이 편했다. 여인들이 눈치채지 못하게 시마를 한입 깨문 윌리엄은 최대한 입을 적게 오물거리며 시마를 먹었다.

잠시 후 쇠그릇이 딸그락거리는 소리가 들리자 윌리엄은 아마도 여인들이 또 그 이상한 음료를 마시려나 보다 생각했다. 농장 여인들은 시마로 허기진 배를 채울 때 그 검은색 음료를 나눠 마시곤 했다. 음료 때문인지는 몰라도 오후 일을 하는 동안에는 다 같이 흥겹게 노래를 불렀다. 심지어는 노랫소리에 맞춰 이상한 동작을 하며 춤을 추는 사람도 있었다. 윌리엄은 농장에 일하러 온 사람들이 노래를 부르거나 춤을 추는 것을 이해할 수 없었다. 그것은 정말 부끄러운 일이기 때문이다.

아직 맛을 보지는 못했지만 윌리엄은 그 이상한 음료에서 나는 특이한 냄새를 기억하고 있었다. 옥수수로 시마를 만들 때 나는 달달함과 굼벵이를 구울 때 나는 고소함이 뒤섞인 생전 처음 맡아보는 냄새였다. 마음씨 좋은 리비아 누나가 시마는 나눠주면서도 그 이상한 음료를 단 한 번도 건네지 않은 것을 보면 아마도 어른들만 마시는 음료인 것 같았다.

시마를 먹는 동안 커피 농장 입구의 트럭이 보였다. 카마야의 아이들은 길에서 이 트럭을 만나면 '애꾸눈'이라고 외치며 미친 듯이 따라다녔다. '애꾸눈'이라고 부르는 이유는 오른쪽 헤드라이트가 늘 깨져 있었기 때문이다. 트럭의 운전석에는 할리 아저씨가, 조수석에는 에드워드 형이 나란히 누워서 낮잠을 자고 있었다. 할리 아저씨는 깊은 잠에 빠졌는지 시트 뒤로 넘어갈 만큼 목이 젖혀진 상태에서 입을 있는 대로 크게 벌리고 있었다.

할리 아저씨는 한쪽 다리가 불편했지만 농장의 트럭을 운전하고 있었다. 여인들이 딴 커피의 무게만큼 돈을 나눠주고 트럭에 가득 실린 커피를 가공하는 곳까지 매일 실어 나르는 게 그의 일이었다. 할리 아저씨는 동네에서 가장 빠르고 힘 있는 형이었는데 공사장에서 발을 다쳤다고 한다. 한쪽 발이 모두 잘려나갔다는 소문이 있었지만 윌리엄이 아저씨의 발을 직접 본 적은 없었다.

"야! 빨간색만 따야 한다고 했잖아."

빨간색 커피에 노르스름한 빛깔이 살짝만 비쳐도 트집을 잡는 에드워드 형의 목소리가 귀에 들리는 듯했다. 연장을 정리할 때도, 풀을 뽑을 때도 어떤 식으로든 트집을 잡았지만 윌리엄은 그런 질책을 들으면서도 에드워드 형이 밉거나 싫지 않았다. 에드워드 때문에 이 일을 할 수 있었기 때문이다. 에드워드는 다리가 불편한 할리 아저씨를 도와 여인들이 딴 커피를 마대 자루에 잘 정리해서 무게를 재고 트럭에 옮겨 싣는 일을 주로 했다. 농장의 커피를 모두 트럭에 실은 후에는 늘 할리와 함께 차를 타고 떠났다. 윌리엄은 농장에서 이들이 시키는 일을 열심히 하다 보면 언젠가 자신도 그들이 하는 일을 할 수 있을 것이라 생각했다.

여인들이 하나둘 자리에서 일어나자 윌리엄은 기다렸다는 듯이 자신의 바구니를 들고 커피를 따던 곳으로 제일 먼저 달려갔다.

2

클래식 음악이 흘러나오는 호텔 레스토랑.

하얀색 운무가 산처럼 피어오르는 빅토리아 폭포(Victoria Falls)가 한눈에 들어왔다. 방음이 잘 된 통유리 덕에 레스토랑 안쪽에서는 웅장한 폭포수의 울림을 전혀 느낄 수가 없었다.

"아! 잘 먹었다."

빅터는 마지막 남은 커다란 스테이크 덩어리를 포크로 집어 우걱우걱 씹어 넘겼다.

"맛있게 드셨어요?"

유창한 영어를 구사하는 아시아에서 온 커피 업자는 자신이 묵고 있는 호텔 레스토랑에 초대한 카마야 지역의 커피 농장주에게 물었다.

"아주 좋습니다."

아시아인은 와인 잔을 들었다. 빅터는 자신의 와인 잔을 아시아인의 잔에 부딪혔다.

"자주 식사 대접을 해야 하는데 제가 이곳저곳 워낙 바쁘게 다니다 보니 죄송합니다."

"아닙니다. 많이 바쁘셔야죠. 그래야 우리 카마야 커피가 더 많이 알려지잖아요. 하하!"

"하하하! 하긴 그렇군요. 카마야 커피 덕분에 제가 바쁜 거니까 사장님께서 이해해 주세요. 아무튼 감사드립니다."

"제가 뭐 한 게 있나요? 다 저희 카마야 주민들이 고생한 덕분이죠."

에티오피아를 제외하고 전 세계에서 유일하게 커피 원종(heirloom)을 생산하는 카마야 지역. 아시아인은 7년 전 에티오피아의 야산에서 채취한 커피 원종을 아프리카 곳곳에 파종하여 그와 유사한 품질의 커피를 얻기 위해 많은 노력을 기울였다. 하지만 에티오피아의 고산지대와 다른 환경에서 커피 원종(heirloom)의 뿌리를 내리고 싹을 틔우는 일은 결코 쉽지 않았다. 거듭된 실패에 좌절하여 잠시 휴식을 취하기 위해 호텔에 머무르던 아시아인은 지배인을 통해 카마야 지역 사정을 가장 잘 아는 빅터라는 사람을 소개받았고 그의 도움으로 소망하던 꿈을 이루게 되었다.

카마야 지역에 파종한 커피는 작년 말부터 본격적인 수확을 시작하였는데 에티오피아 최고 등급의 커피와 비교될 만큼 풍부한 과일 향기와 좋은 신맛을 갖고 있었다. 아시아인의 나라에 카마야 지역의 커피가 소개되자마자 선풍적인 인기를 끌었고, 공급 계약을 원하는 메이저 업체들이 앞다투어 신규 물량을 기다리고 있었다.

카마야 지역에서의 성공은 앞에 앉아 있는 농장주 빅터의 헌신적인 노력이 없었다면 불가능한 일이었다. 빅터는 아시아인이 커피 재배의 최적지로 선택한 야산을 매입하여 커피 농장으로 사용할 수 있도록 행정업무를 빠르게 진행하였고, 새로운 농장을 조성할 때마다 현지 원주민들을 섭외하여 충분한 노동력을 확보하였다. 덕분에 아시아인은 본국에서 전도유망한 커피생두 수입업자로 인정받아 업계뿐 아니라 나라 전체에서 주목받는 인물이 되었다.

물론 빅터에게도 아시아인은 은인이었다. 아시아인과 함께 커피 사업을 진행하는 동안 빅터는 카마야 지역에 분포된 7개의 커피 농장을 가진 농장주가 되었고, 본격적인 수출을 시작한 첫해에 지난 몇 년간의 투자를 보상받고도 남을 만큼 큰 수입을 올렸기 때문이다. 전문 지식이 하나도 없는 자신이 지역의 전문 농업인으로 대접받게 된 것은 재배 시설이나 가공 기술, 농민 교육 등을 열정적으로 이끌어준 이 아시아인 덕분이었다.

"품질도 그렇고 모든 면에서 기대했던 것보다 좋은 결과가 나와서 다행입니다. 다만 지난번처럼 메뚜기 같은 것이 포장되지 않도록 해 주세요. 아무리 품질이 좋아도 그런 사소한 것 하나 때문에 카마야 커피에 대해 굉장히 안 좋은 인식이 생길 수 있거든요."

아시아인은 얼마 전 자신이 공급한 카마야 커피로 감별 수업을 하던 단골 거래처가 클레임을 걸어온 것을 떠올렸다. 아프리카의 이름 모를 곤충 때문에 벌어진 소동을 잘 무마하기 위해 아시아인은 그들에게 온갖 아쉬운 소리를 해야 했다.

"아! 지난번 일은 정말 죄송합니다. 다시는 그런 일이 없도록 제가 철저하게 조치해 놨습니다. 정말 죄송합니다."

"아니, 뭐 그리 큰일은 아니니 너무 신경 쓰지는 마세요. 아 참, 이제 건기가 거의 끝났죠?"

"예, 지금 9월이니까, 이제 곧 우기가 시작됩니다."

"그럼 이번에 보낼 때 생산량을 최대한 늘려 주세요. 아무래도 우기가 시작되면 선 드라이(Sun dry)하는 데 어려움도 있고 하니 최대한 많이 작업해서 보내 주세요."

"예, 최선을 다해서 준비하겠습니다."

"내년에는 TOH[1*]에도 출품을 해봅시다. 제 경험으로는 충분히 상위권 입상이 가능할 것 같습니다. 일단 거기서 수상을 하면 판로도 늘어나고 더 좋은 가격을 받을 수 있을 거예요."

"물론이죠. 저는 무조건 찬성입니다."

"그리고 빅토리아 밀(Mill)[2*]에 인원이 좀 더 필요할 것 같은데 가능할까요? 새로운 가공법을 시도해 보려고 하는데……"

"음, 농장에서 일하고 있는 아이들 몇 명 차출할 수 있을 겁니다. 한번 알아보죠."

"예, 확보가 되면 내년 시즌부터는 빅토리아 밀(Mill)로 배치해 주세요. 그리고 올 12월에 우리나라 커피 월드라는 잡지에서 카마야 농장 취재가 있을 것 같습니다."

"와! 정말요?"

"예. 거의 결정이 됐을 거예요. 아마 빅터 사장님 인터뷰도 있을 겁니다."

"저요? 제가 별로 아는 게 없는데, 말주변도 없고요."

"무슨 말씀이세요. 저랑 이야기하는 것처럼 하시면 됩니

1*   Taste Of Harvest, 동아프리카를 중심으로 하는 커피 대회
2*   산지에서 수확한 커피를 가공하는 곳

다. 아주 잘하실 거예요."

"어허, 큰 걱정거리가 생겼네. 오늘부터 당장 연습을 해야 겠어요."

"하하! 아직 몇 달이나 남았으니 천천히 하셔도 됩니다."

아시아인은 자신의 서류 가방에서 하얀색 봉투를 꺼내어 빅터에게 건넸다.

"이거 지난번 말씀드린 건데요. 카마야 학교에……."

"아! 예. 제가 벌써 다 준비해 놨습니다."

3

"8kg!"

할리는 저울의 눈금을 큰 소리로 읽은 후 노트에 기록했
다. 에드워드는 무게 측정이 끝난 커피 자루의 주둥이를 끈
으로 단단히 묶어 트럭 위에 실었다. 줄을 서서 대기하고 있
던 여인이 자신의 커피 자루를 저울 위에 올렸다.

커피 따는 일을 모두 마친 여인들은 자신이 딴 커피를 닳
고 패인 시멘트 바닥에 펼쳐 놓고 벌레 먹은 것, 썩은 것, 나
뭇잎과 같은 이물질들을 잘 가려낸 후 'KAMAYA'라는 글자
가 인쇄된 자루에 다시 담는다. 모두들 감별을 마치고 무게
를 재기 위해 줄을 서 있는데 윌리엄은 아직 시멘트 바닥에
커피를 펼쳐 놓고 고개를 푹 숙인 채 만지작거리고 있었다.

"9kg!"

할리 아저씨의 목소리가 들릴 때마다 윌리엄은 고개를 들

어 줄을 선 여인들이 얼마나 남았는지 확인했다. 애초에 커
피 감별에 집중하려는 마음은 없는 듯했다. 윌리엄에게는 바
오밥 나무 그늘에서 휴식을 취하던 때만큼 긴장되는 순간이
었다.

"윌리엄!"

"윌리엄!"

늘 그렇듯 자신의 이름이 두 번 들린 후에야 윌리엄은 고
개를 돌렸다.

"이리 가져와."

윌리엄은 이런 상황이 이미 익숙한 듯 바닥에 있던 커피
를 빠르게 손으로 쓸어 모아 바구니에 담고 할리에게 뛰어
갔다.

"야! 윌리엄 커피 많이 땄네? 조금만 더 하면 어른들 만큼
딸 수 있겠는걸?"

늘 똑같은 말이지만 윌리엄은 할리 아저씨의 칭찬을 들을
때마다 기분이 좋았다. 하지만 에드워드가 면전에서 눈을 희
번덕거리며 쳐다보고 있는 바람에 기쁜 내색을 할 수 없었다.

할리는 얼마 되지 않는 윌리엄의 바구니를 한번 쓱 쳐다보
더니 무게도 재지 않고 노트를 접었다. 에드워드는 윌리엄에
게서 받은 커피를 다른 자루에 부었다. 자신의 차례가 끝난

것을 확인한 윌리엄은 여인들의 무리 옆으로 뛰어가서 섰다.

커피 자루를 짐칸에 모두 실은 에드워드는 트럭의 뒷문이 단단하게 고정되어 있는지 확인한 후 짐칸 위로 훌쩍 뛰어올랐다. 그리고는 커피 자루 옆에 거만하게 기대어 앉았다. 그동안 할리는 여인들에게 일주일간의 급여를 계산하여 지급했다. 여인들은 수확한 커피의 양에 따라 10콰차 내외의 일당을 받았다.

"윌리엄!"

"윌리엄!"

할리 아저씨는 쏜살같이 달려와 자신의 배꼽을 뚫어지게 쳐다보고 있는 윌리엄에게 1콰차 지폐를 건넸다. 토요일, 일요일 이틀간 일한 대가로 1콰차를 건네받은 윌리엄은 1콰차를 그대로 손에 쥔 채 원래 있던 자리로 돌아왔다.

"콰차는 새벽에 일찍 일어나서 열심히 일을 한 사람들에게 카마야의 신이 주는 선물이야. 그러니 고맙게 생각하고 아껴 써야 돼."

윌리엄은 할리 아저씨가 자신에게 처음 콰차를 줄 때 했던 말을 떠올렸다. 할리 아저씨의 말은 사실이었다. 윌리엄은 자신이 콰차를 가지고 있을 때 달리기가 빨라지고, 좋은 생각들이 끊임없이 솟아나는 것을 느꼈다. 반대로 콰차가 하나도 없을 때는 달리기가 느렸고, 즐거운 생각이 잘 떠오르지 않았다. 윌리엄은 할리 아저씨가 콰차에 대한 이야기를 들려준 이후로 콰차를 정말 소중하게 여겼다. 카마야의 신이라는 말은 함부로 쓰는 것이 아니기 때문이다. 그래서인지 학교 가는 날과 달리 커피 농장에 가는 날에는 할머니가 깨우지 않아도 저절로 새벽에 눈이 떠졌다. 심지어는 할머니가 일어나기도 전에 물을 길어 놓고 커피 농장으로 달려가기도 했다.

여인들은 일주일간의 급여가 제대로 계산되었는지 돈을 세어 보기도 하고, 두둑해진 주머니에 기분이 좋아졌는지 옆 사람과 웃으며 떠들기도 했다. 하지만 윌리엄은 혼자 따로 떨어져 1콰차를 쥔 채 땅만 보고 서 있었다. 다른 사람들 앞에서 받은 돈을 주머니에 넣는 것이 부끄러웠기 때문이다. 윌리엄은 지금의 상황이 빨리 끝나 각자 집으로 뿔뿔이 사라지기만을 간절히 바라고 있었다.

잠시 후 할리가 여인들에게 몇 마디를 한 후 차에 올라 시동을 걸었다. 여인들은 각자 가져온 소지품들을 챙겨 하나둘 농장을 떠나기 시작했다. 윌리엄은 할리와 에드워드가 자신의 표정을 알아보지 못할 만큼 멀리 갔다는 생각이 들었을 때 고개를 살짝 들어 트럭을 보았다. 윌리엄은 농장에서 일하는 동안에도 항상 할리 아저씨와 에드워드 형의 위치와 행동을 의식하고 있었다. 들키지 않게 눈알을 있는 대로 끝으로 보내 째려보기도 하고, 커피를 따면서도 귀를 최대한 기울여 그들의 대화를 엿들었다. 그렇게 신경을 쓰고 있으면 자신을 부르는 소리만 들어도 그들이 원하는 일이 무엇인지 대강 알 수 있었다. 할리는 윌리엄의 그런 행동에 대해 '어린 녀석이 알아서 일을 척척 잘한다.'라며 자주 칭찬을 해 주었다. 윌리엄은 할리에게서 칭찬을 받을 때마다 자신이 커피의 무게를 재고, 커피 자루를 트럭에 싣고, 거만하게 자루 위에 드러누워 떠날 수 있는 사람이 될 수 있을 것이라 확신했다.

"윌리엄!"

"예?"

누군가 자신의 어깨를 두드리자 깜짝 놀란 윌리엄은 한 번 만에 대답을 하고 말았다.

"집에 가야지"

리비아 누나였다.

"빨리 와?"

리비아는 미소를 보이며 먼저 길을 나섰다. 리비아 누나가 농장을 떠나고 주변에 아무도 없는 것을 확인한 윌리엄은 손에 쥐고 있던 1콰차 지폐를 얇디얇은 반바지 주머니에 깊숙이 넣은 후 집을 향해 뛰어갔다. 윌리엄은 얼마 지나지 않아

리비아 누나를 쏜살같이 제치고 앞으로 달려나갔고 리비아 누나는 한쪽 주머니에 손을 넣고 열심히 달려가는 윌리엄의 뒷모습을 흐뭇한 표정으로 바라보았다.

4

숨을 헐떡이며 집 안으로 들어온 윌리엄은 집에 아무도 없는 것을 확인한 후 곧장 밖으로 나왔다. 윌리엄은 뭔가 비밀리에 할 일이 있는 듯 좌우를 두리번거렸다. 멀리 100여 미터 밖의 리비아 누나가 사는 집과 그 옆의 이웃집 두 채만 시야에 들어올 뿐 아무런 인기척이 없었다.

윌리엄은 집 뒤로 걸어가 흙벽에 등을 기대어 서고는 천천히 걸음을 걸었다.

"하나, 둘, 셋, 넷, 다섯, 여섯, 일곱, 여덟, 아홉, 열."

열 걸음을 뗀 윌리엄의 발바닥 앞에는 호박만한 돌덩이가 놓여 있었다. 돌덩이를 들어 올리자 프리지[3*] 봉지가 보였다. 윌리엄은 자신이 오늘 받아온 1콰차를 주머니에서 꺼내어 프

3* 오렌지, 사과 등 과일 맛의 액체를 봉지에 담아 얼린 제품

리지 봉지에 넣었다. 봉지 안에는 그동안 모은 1콰차 지폐 몇 장이 들어있었다. 다시 주위에 아무도 없는 것을 확인한 윌리엄은 프리지 봉지 위에 돌덩이를 올려놓은 후 흙벽을 바라보고 서서 천천히 발걸음을 내디뎠다.

"하나, 둘, 셋, 넷, 다섯, 여섯, 일곱, 여덟, 아홉."

분명 조금 전에는 흙벽에서 돌덩이까지가 열 걸음이었는데 1콰차를 넣고 나서는 아홉 걸음으로 줄었다. 신기한 일을 겪고도 윌리엄은 예상했다는 듯 미소를 지었다. 이런 기묘한 현상을 한두 번 겪은 것이 아니기 때문이다. 윌리엄은 카마야의 신이 자신에게 무슨 말을 하려는 것일 수도 있다고 생각했다. 물론 지금은 그 의미를 알 수 없지만 언젠가는 알게 될 것이라 믿었고 카마야의 신이 전하려는 말을 알아듣게 되면 자신은 엄청나게 많은 콰차를 가질 수 있으리라 생각했다.

콰차를 넣어 둔 돌덩이를 한참 동안 흐뭇하게 바라보던 윌리엄은 집 뒤로 난 오솔길을 따라 빠르게 뛰어갔다.

"오빠!"

카사바밭 한쪽 구석에 앉아 개미를 관찰하던 라이니스는 윌리엄을 보자 달려가서 허리를 꼭 껴안았다. 마른 흙을 헤치며 카사바를 캐던 할머니는 무뚝뚝한 표정으로 윌리엄을 한번 쳐다보고는 다시 하던 일을 계속했다.

"오빠, 어디 갔다 왔어?"

"저기 멀리."

"어디?"

"라이니스! 이거 먹어봐."

윌리엄은 주머니 깊이 손을 넣어 뭔가를 끄집어냈다. 라이니스 얼굴 앞에서 꽉 쥔 손을 펴자 빨간색 커피 세 알이 나타났다.

"와!"

라이니스는 커피 한 알을 입안에 넣고 오물오물 과육만 발라먹은 후 '푸' 하고 씨를 뱉어냈다. 라이니스는 주말마다 오빠가 가져오는 달고 새콤한 빨간색 열매가 너무 좋았다. 과육의 양이 너무 적어 아쉽다는 생각이 들다가도 단물을 다 빨아먹고 씨를 뱉는 게 재미있어서 아쉬움은 금새 사라졌다.

"오빠도 먹어."

"나는 괜찮아. 많이 먹었어. 너 다 먹어."

윌리엄은 자신의 입안에 침이 가득 고인 것을 라이니스가 알아채지 못하도록 입술에 힘을 꾹 주고는 남은 커피를 라이니스의 입안에 하나씩 넣어주었다.

잠시 후 윌리엄은 줄루 할머니가 일당으로 받은 카사바 자루를 어깨에 메고 집으로 향했다. 라이니스는 입안에 든 커피 씨앗이 단맛을 모두 잃을 때까지 오물거리며 윌리엄의 뒤를 따랐다. 줄루 할머니는 걸음걸이가 불편한 듯 한참 뒤에서 천천히 아이들을 따라 걸었다.

5

햇살이 무쿠니 마을을 비추기도 전에 할머니는 아이들에게 먹일 시마를 준비하고 있었다. 몸이 불편하여 동작이 늦다 보니 이렇게 일찍부터 서둘러야만 아이들을 제시간에 학교로 보낼 수 있었다.

"윌리엄!"

"윌리엄!"

할머니의 목소리에 잠을 깬 윌리엄은 마른 풀로 엮은 바닥에서 일어났다. 흙집은 셋이 생활하기에 충분히 넓었는데 할머니가 지금보다 훨씬 건강할 때 윌리엄의 아빠와 함께 지었다고 했다. 완벽하진 않지만 길고 질긴 갈대로 엮은 지붕과 흙과 나무 기둥으로 세운 벽은 가족들이 비와 바람을 피해 안전하게 쉴 수 있는 공간을 만들어 주었다. 물론 부엌과 잠자리가 분리된 집을 가진 이웃도 있지만 윌리엄은 지금 사는 곳에서 단 한 번도 불편함을 느끼지 못했다.

윌리엄은 손등으로 눈을 몇 번 비빈 후 입구를 가리고 있는 아프리카 전통무늬가 그려진 기다란 천을 밀치고 밖으로 나갔다. 곧 해가 떠오르려는 듯 초원이 환하게 밝아오고 있었다. 윌리엄은 카마야 지역의 공사장 어딘가에서 사용한 것 같은 하얀 플라스틱 통을 집어 들었다. 밤새 통 아래에 숨어 잠자던 벌레들이 놀라 달아났다.

윌리엄은 한 손에는 물통을 들고 다른 한 손으로 부스럼이 난 머리를 긁적이며 30분 거리에 있는 커다란 물웅덩이를 향해 천천히 걸었다. 기억이 명확하지 않지만 아빠와 엄마를 따라 신나게 뛰어다니던 길이었다. 할머니와 라이니스만 남게 된 후부터는 이른 아침이나 저녁에 혼자 식수를 길어오기 위해 나서야 했다.

모닥불이 어느 정도 피어오르자 할머니는 불편한 몸을 겨우 일으켜 오랜 세월 불에 그을린 듯 구겨지고 시커메진 솥을 올렸다. 잠시 후 데워진 물에서 김이 모락모락 피어오르자 카사바 가루를 조금씩 풀고 주걱으로 천천히 저었다. 같은 동작을 반복하는 동안 카사바 가루는 죽이 되었다가 점점 뻑뻑하게 점성을 띠었다.

"할머니 뭐해?"

집 밖에서 나는 고소한 향기에 잠을 깬 라이니스가 눈을 비비며 할머니 옆에 앉았다.

"일어났어? 시마 만들고 있지."

"할머니! 내가 하면 안 돼?"

할머니가 주걱으로 시마를 젓는 것을 볼 때마다 라이니스는 늘 자신이 해보면 안 되느냐고 물었다. 할머니는 시마가 거의 완성될 즈음 모닥불 바깥쪽에 솥을 내려놓고 라이니스에게 주걱을 건넸다.

아직 아무도 다녀가지 않았는지 웅덩이에서 물을 퍼 담는 바가지 주변에는 물기가 하나도 없었다. 건기의 끝이라 웅덩이는 머지않아 바닥을 드러낼 듯 많이 말라 있었다. 윌리엄은 웅덩이 바닥의 흙이 일어나지 않도록 조심스럽게 물을 떠서 자신이 들고 온 물통에 퍼 담았다. 희뿌연 흙탕물이 하얀색 물통 속으로 쏟아졌다.

"철퍼덕!"

물통에 물이 가득 찰 즈음 웅덩이에서 무슨 소리가 났다. 윌리엄은 재빨리 일어났다. 목을 길게 빼고 소리가 난 곳을 찾던 윌리엄은 웅덩이 한가운데 크고 선명한 동심원의 파문이 일어나는 곳에서 시선을 멈췄다.

윌리엄은 들고 있던 바가지를 천천히 마른 풀밭 위에 내려 놓았다. 바가지가 풀에 닿을 때 나는 '스륵'하는 소리를 마지 막으로 세상의 모든 소리는 사라지고 동심원의 너울만 남았 다. 윌리엄은 이 소름 돋고 긴장되는 순간을 한두 번 겪은 것 이 아니었다. 오늘처럼 웅덩이에 제일 처음 도착한 날이나 혼 자 웅덩이에 있을 때 자주 이런 광경을 목격했다. 이상한 것 은 파문을 일으키는 녀석의 정체를 확인하기 위해 숨죽이 고 감시를 할 때는 한 번도 이런 일이 일어나지 않았다는 것 이다. 윌리엄은 천천히 돌멩이 하나를 집어 들었다. 그리고 힘 껏 동심원의 가운데를 향해 던졌다. 웅덩이 속에서 아무 일 도 일어나지 않자 다시 돌멩이 몇 개를 집어 던졌다.

"야!"

"야~"

윌리엄은 자신을 공포에 떨게 한 존재를 향해 있는 힘껏 소리를 질렀다. 하지만 동심원이 점점 옅어지기만 할 뿐 아무 런 일도 일어나지 않았다.

줄루 할머니가 만들어 준 시마를 맛있게 먹은 윌리엄과 라이니스는 할머니께 인사를 하고 집을 나섰다. 둘은 유명한 구호단체에서 카마야 지역에 지어준 학교까지 약 4km를 걸어가야 했다. 정부나 지방에서 설립한 학교들은 아이들에게서 학비를 받아 운영했지만 카마야 지역의 학교는 구호단체의 지원으로 학비를 내지 않고 다닐 수 있었다. 물론 카마야의 주민들은 학비를 내면서까지 학교에 다닐 여유가 없었다.

세 살 터울인 라이니스가 학교에 다니기 전까지는 윌리엄혼자 학교에 다녔다. 하지만 학교에 가는 날보다 안 가는 날이 훨씬 더 많았다. 윌리엄에게 학교 공부는 정말 버거웠다. 약골인 데다가 운동도 젬병이라 아이들이 최고로 좋아하는 축구 시간조차 마음 놓고 즐기지 못했다. 이상하게도 축구만 하면 늘 자신이 속한 팀이 참패해서 모든 비난의 화살이 자신에게 돌아왔다. 그래서 밭일을 나간 줄루 할머니를 대신하여 라이니스를 돌보며 같이 노는 것이 학교 가는 것보다 훨씬 좋았다. 그러던 윌리엄이 학교를 하루도 빠지지 않고 가게 된 것은 이제 여덟 살이 된 라이니스가 학교에 다니고 나서부터였다.

"이제 라이니스도 학교에 가야지?"

결석왕 윌리엄의 집을 방문한 셀레나 선생님의 작전은 대성공이었다. 윌리엄과 달리 라이니스는 학교 가는 것을 무척 좋아했고 공부도 썩 잘했다. 그런 라이니스의 손을 잡고 함께 학교에 가는 것만으로도 동기부여가 되었다. 자신이 어떤 학생으로 보이는지는 중요하지 않았다. 그저 라이니스의 오빠로 학교생활을 할 수 있어 좋았다.

"윌리엄 오빠! 발 아파."

라이니스의 손을 잡고 열심히 걷던 윌리엄은 라이니스가 아파하는 발을 살펴보았다. 자신이 커피 농장에서 번 돈으로 사 준 새 슬리퍼에 쓸린 발등 한쪽이 빨갛게 부어 있었다. 윌리엄은 슬리퍼를 벗겨 손으로 움켜쥐고는 라이니스 앞에 앉았다. 라이니스는 윌리엄의 등에 업힌 후 오빠의 목을 끌어안았다.

동생을 업고 걸어가는 윌리엄의 맨발은 뿌연 흙먼지로 뒤덮였다. 윌리엄은 동생을 업고 다니는 것이 전혀 힘들지 않았다. 깡마른 자신의 체격만큼 동생도 많이 말랐기 때문이다.

"오빠!"

학교 가는 길에 늘 건너게 되는 난간 없는 작은 다리에 이르자 동생이 어김없이 윌리엄을 불렀다. 트럭이 겨우 지나갈 만큼 좁은 다리였지만 아래를 흐르는 카마야의 냇물은 아프리카 남부를 가로지르는 위대한 강 잠베지에 합류하여 빅토리아 폭포까지 흘러갔다. 다리에서 학교까지는 10분도 채 안 되는 거리이기 때문에 둘은 늘 이 다리 위에서 여유로운 대화를 나누었다.

"응?"

"진짜 무지개 마을에 가면 엄마 있어?"

"응."

"그런데 무지개 마을은 어디에 있어?"

"저기 끝까지……."

윌리엄은 라이니스를 잠시 내려놓고 카마야의 작은 냇가가 흘러 잠베지강에 닿을 어딘가를 손가락으로 가리켰다. 하지만 자신도 가 보지 않은 곳이라 말끝을 흐렸다. 라이니스는 오빠의 손가락이 가리키는 곳을 보기 위해 발뒤꿈치를 들고 두 눈을 잔뜩 찡그렸다.

윌리엄과 라이니스는 줄루 할머니가 없는 곳에서만 무지개에 관해 이야기 했다. 왜냐하면, 줄루 할머니는 무지개라는 말만 들어도 표정이 싸늘하게 굳어버리기 때문이다. 엄마는 어린 윌리엄에게 자신이 살던 마을에서는 매일 아침 무지개를 볼 수 있다고 했다. 엄마가 태어나고 살았던 마을은 세상의 모든 색깔을 가진 무지개의 뿌리를 본 사람이 있다는 소문이 있을 만큼 가까이에서도 무지개를 볼 수 있는 곳이었다. 엄마는 강을 따라 떠내려온 세상의 모든 생명체는 무지개가 되어 다시 피어난다고 했다. 그래서 무지개의 뿌리에는 세상의 모든 색이 다 있고, 같은 색은 하나도 없다고 했다.

"오빠는 거기 가봤어?"

"아니, 하지만 가 볼 거야."

"정말?"

"응."

윌리엄은 자신 있게 대답했다.

"언제?"

"어…… 에드워드 형만큼 크면."

"나도 데려갈 거지?"

"그럼."

"나는 무지개마을에 가서 에스더 엄마랑 같이 살 거야. 오빠도 같이 살 거지?"

"그럼, 당연하지."

윌리엄은 고개를 끄덕였다. 윌리엄은 그곳에 가는 방법을 알지 못했고 구체적인 계획도 없었지만 라이니스에게 늘 자신 있는 표정으로 대답했다. 둘은 다리 위에서 수십 번도 더 했던 대화를 오늘도 나누고 다시 학교로 향했다.

"야! 야! 비켜!"

에드워드의 동생 사무엘이 소리쳤다. 사무엘은 윌리엄과 같은 11살이지만 모든 면에서 윌리엄을 압도하는 아이였다.

윌리엄은 라이니스를 다리 끝으로 급히 끌어 옮기려다 하마터면 아래로 떨어질 뻔했다. 잠시 후 사무엘의 자전거는 획 소리를 내며 다리 위를 쏜살같이 지나갔다.

"퉤!"

멀찌감치 서 있는 윌리엄을 본 사무엘은 입안에 준비하고 있던 커피 열매의 씨앗을 윌리엄에게 뱉었다. 씨앗은 윌리엄의 몸을 맞고 바닥으로 떨어졌다. 사무엘의 뒷모습을 멍하니 쳐다보던 윌리엄은 라이니스를 다시 등에 업고 자전거 바퀴 자국이 선명한 길을 따라 걸었다.

"오빠!"

"응?"

"우리도 자전거 있으면 학교까지 빨리 갈 수 있을 텐데."

윌리엄은 라이니스가 등에서 흘러내리지 않게 팔을 더 단단히 고정하고 아무 말 없이 걷기만 했다.

"사무엘 오빠는 좋겠다."

저만치 앞에 카마야 학교와 커피 농장으로 가는 갈래 길이 보였다.

6

카마야 지역 아이들이 다니는 학교는 교무실로 사용하는 작은 교실의 좌우로 8~10세, 11~14세 아이들이 공부하는 교실이 각각 하나씩 붙어 있었다. 세 칸짜리 조립식 건물의 외관은 멀쩡해 보였지만 교실 안에 있는 책걸상 등의 집기는 매우 낡고 형편없었다. 교무실 앞 국기 게양대에는 늘 구호단체의 깃발이 펄럭이고 있었다.

아직 수업이 시작되지 않았는지 잡초가 듬성듬성 나 있는 운동장에서 많은 아이들이 뛰어놀고 있었다. 11세 반 아이들 대부분이 운동장 한가운데서 축구 경기를 하고 있었지만 윌리엄은 운동장 한쪽 구석에 있는 플레이 펌프^{4*}를 열심히 돌

4* 초등학교 운동장에서 흔히 볼 수 있는 '빙빙이'라 불리는 놀이기구와 펌프를 연동하여 지하수를 퍼 올리게 만든 장치

리고 있었다. 회전하는 플레이 펌프에 매달린 8세 반 아이들은 온갖 괴성을 지르며 즐거워했고 윌리엄은 탁월한 리듬감으로 빠르게 회전하는 플레이 펌프를 더욱 가속 시켰다.

"땡땡! 땡땡!"

공부 시작을 알리는 종이 울리자 윌리엄은 맨발을 질질 끌며 플레이 펌프를 멈췄다. 플레이 펌프에서 내린 아이들은 중심을 잡지 못하여 이리저리 나뒹굴었고 비틀거리는 서로의 모습에 깔깔거리며 웃다가 겨우 정신을 차려 교실로 들어갔다. 축구를 하던 11세 반 아이들은 플레이 펌프로 채워진 물탱크로 몰려가 급하게 세수를 하고 교실로 뛰어갔다. 윌리엄도 그들을 따라 교실로 향했다.

"지난번 이야기한 것처럼 오늘은 보건 검사를 합니다. 여러분들 손 깨끗이 씻고 음식 먹기. 잘 지키고 있죠?"

11세 반 셀레나 선생님의 물음에 아이들은 모두 고개를 숙인 채 말이 없었다. 조금 전 운동장에서 뜀박질한 아이들의 얼굴과 팔에는 굵은 땀방울이 주렁주렁 맺혀 있었다. 어떤 아이들은 자신의 윗도리에서 올라오는 고린내에 인상을 찡그리기도 하였고, 그런 친구의 표정을 보며 킥킥 웃는 아이들도 있었다.

"이 녀석들, 오늘 의사 선생님 오신다고 깨끗이 하라고 했

는데. 의사 선생님께 제일 아픈 주사를 놔 달라고 말씀드려
야겠구나."

셀레나 선생님은 자신의 부탁이 뜨거운 열기를 뿜어내는
이 아이들에게 무리한 요구라는 것을 인정하듯 짓궂은 농담
으로 마무리했다.

"지금부터 의사 선생님께 갈 거니까 모두 복도에 번호대
로 줄을 서세요."

번호대로 줄을 서라는 선생님의 말을 듣고도 아이들은 마
치 선착순으로 줄을 서려는 듯 앞다투어 복도로 뛰어나갔다.
셀레나 선생님은 아이들을 데리고 교무실로 향했다. 교무실
에는 카마야 학교를 지어준 구호단체에서 지원을 나온 의사
선생님과 두 명의 간호사가 보건 검사를 준비하고 있었다.

커다란 숟가락처럼 생긴 쇠붙이를 한쪽 눈에 대고 시력
검사를 하는 아이들, 익살스러운 표정으로 두 손을 번갈아
올리며 청력검사를 하는 아이들, 턱을 치켜세워 키를 좀 더
높여보려는 아이들로 가득한 보건 검사장은 자신의 애장품
을 꺼내놓은 유럽의 작은 마켓처럼 호기심이 넘쳐났고 시끌
벅적했다.

"윌리엄, 잘 있었니?"

의사 선생님 앞에 앉아 있는 것만으로도 잔뜩 긴장하고

있던 윌리엄은 의사 선생님이 자신의 이름을 불러주자 가슴
이 벅차올랐다.

"어디 보자."

의사 선생님은 윌리엄의 가슴과 등에 청진기를 몇 번 대
어 본 후 윌리엄의 눈동자와 혓바닥까지 꼼꼼하게 살폈다.

"이것 보세요."

깡마른 윌리엄의 통통한 볼을 손으로 살짝 눌러본 의사
선생님은 윌리엄의 상태를 셀레나 선생님께 설명했다.

"콰시오크가 심하네요."

의사 선생님은 다시 윌리엄의 다리와 발등을 손가락으로
누르며 말했다.

"이렇게 살을 눌렀을 때 바로 올라와야 하는데 천천히 올
라오죠? 이건 부은 거예요. 단백질이 부족해서 영양실조가
심하네요."

셀레나 선생님은 근심스러운 얼굴로 의사 선생님이 하는
이야기를 노트에 기록했다.

"윌리엄! 뭐든 많이 먹어? 특히 생선이나 고기를 많이 먹
어야 해. 알았지?"

윌리엄은 생선이나 고기를 언제 먹었는지 기억나지 않았
다. 자신이 가장 많이 먹은 거라곤 카사바나 옥수수가루로

만든 시마와 가끔 함께 삶아 먹는 이름 모를 풀이었다. 그 외에는 학교에서 가끔 간식으로 주는 과일과 빵이 전부였다.

"일단 기생충 약 처방을 할게요. 윌리엄! 선생님이 주는 약 매일 매일 잘 챙겨 먹어야 해? 알았지?"

윌리엄은 대답 없이 고개만 끄덕였다.

보건 검사를 모두 마친 11세 반 아이들의 수학 시간.

빛바랜 하늘색과 노란색 페인트가 칠해진 교실 벽에는 열심히 뛰어논 카마야 아이들의 손자국과 흙먼지가 가득하다. 보건 검사를 받는 8세 반 아이들의 웅성거리는 소리가 교실에 전해지는 가운데 11세 반 아이들은 나무 상판이 휘어진 책상에 수학 노트를 펼쳐 놓고 선생님이 칠판에 써놓은 문제를 열심히 풀고 있었다.

"8세 반에서 다 배운 건데 틀리면 안 되겠죠?"

선생님은 문제를 풀고 있는 아이들의 노트를 살펴보며 말했다.

"칠판에 나와서 한번 풀어볼까요? 누가 해볼까?"

아이들은 풀이하던 것을 멈추고 선생님을 향해 손을 들었다.

"저요! 저요!"

"음, 첫 번째 문제는 빌, 두 번째 문제는, 데시앙, 그리고 마지막 문제는……."

칠판에는 241-17, 165-99, 714-18 세 문제가 적혀있었다. 빌과 데시앙은 칠판 앞으로 걸어 나가 분필을 들었다. 셀레나 선생님이 나머지 한 문제를 풀 학생을 선택하는 동안 윌리엄은 표나지 않게 적당한 얼굴 각도로 선생님과 눈을 맞추지 않으려고 했다. 엎드려 있거나 고개를 너무 푹 숙이거나 해서 대 놓고 외면하면 오히려 선생님의 타깃이 된다는 것을 경험적으로 알고 있었기 때문이다.

"윌리엄!"

선생님의 목소리에 윌리엄의 표정이 굳어졌다. 자리에서 일어나 칠판 앞으로 걸어가서는 하는 일 없이 분필만 들고 서 있다가 돌아오기까지의 풍경이 머릿속을 가득 채웠다. 애초에 성공할 수 없는 작전이었다. 대부분의 아이들이 직접 풀어보겠다고 손을 높이 들고 있었지만 셀레나 선생님은 수학을 못 해 잔뜩 주눅이 든 학생에게 이런 경험을 자주 시켜주는 것이 더 교육적이라는 생각을 할 수밖에 없었다. 살면서 이렇게 난감한 벽이 또 있을까? 칠판 앞에 선 윌리엄은 자신이 예상했던 대로 드넓은 초록색 칠판 위에 하얀색 점을 하나 찍은 채 고개를 숙이고 가만히 서 있었다.

보건 검사를 마치고 교실로 가려던 라이니스는 우연히 칠판 앞에 서 있는 윌리엄 오빠를 보았다. 복도 칸막이 너머로 보이는 윌리엄 오빠가 반가웠던 라이니스는 종종걸음으로 11세 반으로 걸어갔다. 하지만 칠판 앞에서 얼음이 되어버린 윌리엄 오빠를 목격한 라이니스는 걱정스러운 표정을 지었다. 데시앙은 분필을 잡자마자 금방 문제를 풀고 자리로 돌아갔다. 빈은 칠판에 이런저런 숫자를 적어가며 문제를 차근차근 풀었다. 하지만 윌리엄 오빠는 칠판에 하얀 점만 하나 찍은 채 가만히 서 있었다.

안타까운 마음에 라이니스는 자신의 작은 두 손가락을 펼친 후 손가락을 하나씩 오므려가며 오빠가 풀고 있는 문제를 풀어보려고 했다.

"오빠!"

잠시 후, 라이니스는 들리지도 않을 작은 목소리로 윌리엄을 불렀다.

"오빠!"

"윌리엄 오빠!"

윌리엄이 아무 반응을 보이지 않자 라이니스는 학생들의 수학 노트를 확인하러 교실 이곳저곳을 다니는 셀레나 선생님이 오빠에게 신경을 쓰지 못하는 틈을 타 다시 한번 조금 큰 소리로 불렀다.

"윌리엄!!!"

윌리엄은 라이니스의 간절한 바람을 듣지 못했는지 계속 칠판에 이마를 대고 가만히 서 있었다.

"윌리엄! 아직 멀었니?"

선생님은 혼자 칠판 앞에 서 있는 윌리엄에게 물었다. 윌리엄은 선생님의 물음에도 아무 대답을 하지 못한 채 그냥 가만히 서 있었다.

"윌리엄! 열심히 공부해야지. 자리로 돌아가라."

"수학박사 데시앙이 한 번 더 풀어볼래?"

라이니스는 칠판에서 문제를 풀고 있는 데시앙과 자리에 앉은 윌리엄 오빠의 뒷모습을 번갈아 쳐다보다가 짜증 난 표정을 하며 8세 반 교실로 돌아갔다.

7

체육 시간에 윌리엄은 혼자 플레이 펌프에 올라앉아 있었다. 남자아이들은 편을 나눠 축구 시합을 하고 있었고, 여자아이들은 운동장 한쪽에서 잡기 놀이를 하며 놀았다.

축구화는 고사하고 다 떨어진 낡은 운동화조차 볼 수 없었지만 아이들은 맨발로도 빠르게, 때로는 현란한 기술을 사용해가며 운동장을 누볐다. 카마야 아이들은 늘 배고팠지만 축구를 하는 동안에는 그 누구도 배고픔을 느끼지 않았다. 아이들은 학교 공부를 열심히 해서 좋은 직장을 가지는 것이 성공한 삶이고, 잘 사는 길임을 분명 알고 있었다. 하지만 유럽 무대를 누비는 아프리카 태생의 프로축구 선수쯤 되어야 진정한 우상이 된다고 생각했다. 카마야의 아이들은 충분히 그런 꿈을 꿀 수 있는 유연한 몸과 강인한 체력을 타고났다.

유일한 관중이었던 윌리엄은 응원을 하거나 환호성을 지르지는 않았다. 하지만 한시도 눈을 떼지 않고 또래들의 축구 경기를 지켜봤다. 그렇다고 축구 경기에서 재미를 느끼는 것은 아니었다. 윌리엄의 신경이 이렇게 곤두서 있는 이유는 혹시라도 자기 쪽으로 날아온 공을 최대한 빠르고 실수 없이 잡아서 공을 가지러 온 또래 친구에게 건네주기 위해서였다.

"오! 윌리엄, 나이스!"

완벽하게 그 일을 해냈을 때 친구들이 축구장 안에서 들려주는 이 말 한마디는 윌리엄의 자존감을 높여주었다. 혹시라도 지고 있는 팀의 공이 밖으로 나왔을 때 제대로 건네주지 못하고 머뭇거리기라도 하면 아이들은 마치 패배의 모든 책임이 윌리엄에게 있는 것처럼 짜증을 냈다. 그래서 윌리엄은 운동장에서 뛰고 있는 아이들보다도 더 집중하며 경기를 지켜보아야 했다.

"아!"

1대1로 팽팽한 경기가 진행되던 중에 수학은 잘하지만 축구는 윌리엄보다 조금 나은 실력을 가진 데시앙이 공을 쫓아가다가 넘어졌다.

"야, 안 되겠다."

어떻게 해야 하나 고민하던 아이들은 사무엘의 한마디에

데시앙을 부축해서 운동장 바깥으로 데리고 나갔다. 데시앙
은 발목을 접질렸는지 절뚝거리며 땅바닥에 앉았다.

"야! 윌리엄!"

"윌리엄!"

윌리엄은 쏜살같이 운동장으로 뛰어갔다. 물론 축구가 하
고 싶어서가 아니라 아이들이 시키는 일은 뭐든 열심히 해야
하기 때문이다.

"미켈!"

사무엘은 수비수를 보던 데시앙의 자리에 윌리엄을 배치
하려다 못 미더웠는지 골키퍼를 보던 미켈을 불러서 데시앙
의 자리에 보냈다. 그리고 골키퍼를 윌리엄에게 맡겼다. 사무
엘은 친구들보다 달리기도 늦고, 몸싸움도 약하고, 기술도
없는 윌리엄에게 골키퍼가 최적의 포지션이라고 생각했다.

"윌리엄! 제일 가운데 서 있다가 공이 오면 무조건 밖으로
차기만 하면 돼. 알았지?"

"응."

긴박한 순간, 나름의 결기를 보여야 했기에 윌리엄은 가슴
을 크게 한번 부풀린 다음 힘을 주어 대답을 하고는 골대를
향해 뛰어갔다.

"윌리엄! 어디 봐? 가운데 똑바로 서라니까."

자신이 서 있는 위치가 골라인 제일 가운데가 맞는지 몇 번이나 고개를 좌우로 돌려가며 골포스트를 쳐다보는 윌리엄의 모습이 불안했는지 사무엘은 짜증 난 목소리로 소리쳤다. 그리고는 윌리엄에게 약간 왼쪽으로 옮기라는 듯 손바닥을 펴서 까딱까딱 움직였다.

"됐어!"

윌리엄은 사무엘이 시키는 대로 조금씩 이동한 후 위치를 잡았다. 그리고는 예전에 사무엘이 가르쳐준 대로 허리를 약간 굽힌 엉거주춤한 자세를 한 채 아이들의 움직임을 주시했다.

수학 시간에 칠판 앞에 섰을 때처럼 머릿속이 하얘졌다. 수학 문제는 풀지 못하면 혼자 잠시 부끄러워하면 그만이었지만 축구 경기는 달랐다. 등 뒤가 천 길 낭떠러지 절벽처럼 느껴졌다. 어쩌다 잘못해서 뒤로 한걸음이라도 내디디면 다리가 끝이 없는 구멍 속으로 쑥 빠져버릴 것만 같았다. 윌리엄은 체육 시간을 마치는 종소리가 들릴 때까지 자신이 공을 마주하는 일이 없기만을 바랐다. 이대로 모든 상황이 끝나고 친구들이 플레이 펌프 옆 물탱크로 달려가는 게 자신에게는 제일 좋은 결과였다.

"윌리엄! 윌리엄!"

사무엘이 자신의 이름을 크게 부르는 소리가 들리자 윌리엄은 중요한 순간이 왔음을 직감했다. 조금 전 멀리 상대편 진영에 있던 축구공이 어느새 자신을 향하고 있었다. 윌리엄은 사무엘이 시킨 대로 공을 밖으로 걷어내기 위해 천천히 달려나갔다. 공의 속도가 점점 줄어드는 것이 느껴졌고, 공은 평소보다 훨씬 커 보였다. 이런 느낌은 처음이었다. 윌리엄은 자신의 왼발로 힘을 잃은 축구공을 멋지게 날려버릴 수 있을 것이라는 확신이 들었다. 그래서 평소보다 더 집중하여 왼발에 모든 힘을 쏟아붓고는 회심의 킥을 날렸다.

갑자기 숨이 쉬어지지 않았다. 그리고 아무런 소리도 들리지 않았다. 뜨거운 땅바닥 속으로 자신의 등이 빨려 들어가는 것 같더니 급기야 가늘고 얇은 몸통이 대지와 하나가 되었다.

"편하게 누워있으렴."

어떻게든 몸을 일으켜보려고 이리저리 뒤척이고 있는데 누군가 뒤에서 자신을 따뜻하게 보듬어 주었다.

"일어나지 않아도 돼. 가만히 누워있으렴."

"엄마예요?"

"그래 윌리엄. 엄마야. 엄마 많이 보고 싶었지?"

윌리엄은 오랜만에 듣는 엄마의 목소리에 눈물이 날 것 같았다. 하지만 어금니를 꽉 깨물고 참았다.

"엄마 품에서는 울어도 되는데."

엄마는 뒤에서도 자신이 눈물을 참고 있는 것을 아는 것 같았다. 윌리엄은 인상이 심하게 구겨질 만큼 어금니를 세게 깨물었다.

"윌리엄! 울고 싶을 때는 울어. 안 그러면 엄마가 울잖아."

금방이라도 쏟아져 나올 듯 두 눈에 눈물이 방울방울 맺혀 있었지만 윌리엄은 끝까지 참고 울지 않았다. 큰 소리로 엉엉 울었다간 자신의 모습에 실망한 엄마가 사라져버릴 것만 같았다.

"하하하하하!"

"와하하하하!"

멀리서 아이들의 웃음소리가 들렸다. 하얗던 하늘색이 점차 파랗게 변했다. 발바닥은 모닥불을 갖다 댄 것처럼 화끈거렸고 머리가 띵했다. 눈가는 촉촉하게 젖어 있었다. 그제야 윌리엄은 자신의 경직된 왼발이 축구공을 걷어차기 직전에 땅바닥을 먼저 차고, 어설프게 축구공을 밟고 넘어졌다는 사실을 알 수 있었다. 상대편 아이들의 환호성과 사무엘의 고함도 함께 들리는 것을 봐서 공은 자신을 지나 천천히 골대 안으로 들어간 것이 확실했다. 윌리엄은 정신을 차렸지만 그대로 누워있었다. 일어나는 순간 사무엘과 친구들이 자신을 어떻게 대할지 충분히 예상할 수 있었기 때문이다.

"땡땡땡땡! 땡땡땡땡!"

다행이었다. 윌리엄은 아이들이 모두 교실로 들어갈 때까지 그렇게 누워있어야겠다고 생각했다. 어차피 단 한 명도 자신을 부축하러 오지 않을 것이다. 하지만 전혀 서럽지 않았고 차라리 마음이 편했다.

8

"여러분! 제인이 그린 게 무엇인지 알겠어요?"

"바오밥 나무요!"

"친구들이 금방 알아볼 정도로 정말 똑같이 그렸구나. 잘
그렸죠. 여러분?"

"예!"

"자! 모두 박수!"

8세 반 미술 시간. 아이들은 아프리카의 모습을 도화지에
그려 친구들 앞에서 발표하고 있었다.

"다음은 라이니스?"

"보자. 라이니스는 뭘 그렸을까?"

앨리스 선생님은 라이니스에게서 그림을 받아 친구들 앞
에 펼쳤다.

"하하하하하!"

친구들은 온갖 색으로 칠해진 커다란 나무를 보고 재미 있다는 듯 웃었다.

"어? 라이니스는 왜 나무에 이런 색을 칠했지?"

"나무 아니에요."

"나무가 아니야?"

선생님은 도화지를 든 손을 길게 뻗어 다시 한번 그림을 유심히 살펴보고는 고개를 갸우뚱거렸다. 나뭇가지뿐 아니라 뿌리까지 다양한 색으로 칠을 한 이유를 알 수 없었다.

"그럼 뭘까? 선생님은 나무 같아 보이는데?"

"무지개요."

"무지개?"

"예."

"아! 무지개를 그린 거구나. 그런데 라이니스는 무지개를 본 적이 있어?"

라이니스는 대답을 하지 못했다. 무지개가 무엇인지 알고 있었지만 윌리엄 오빠가 들려준 무지개 이야기를 그림으로 표현한 것이기 때문이다.

"라이니스가 아직 무지개를 못 봤구나."

선생님은 새로운 도화지를 하나 꺼내어 책상 위에 펼쳤다.

"라이니스! 무지개는 이렇게 동그랗게 생겼단다. 그리고 색깔도 그렇게 많은 게 아니라 이렇게 일곱 개로 되어 있어."

선생님은 동그란 반원의 일곱 색깔 무지개를 크레용으로 직접 그려서 보여주었다. 라이니스는 자신이 그린 무지개 그림 위에 선생님이 그려준 무지개 그림을 포개어 자리로 돌아와 앉았다.

9

"오빠 때문에 선생님한테 혼났잖아! 선생님이 무지개는 뿌리가 없다고 했단 말이야."

교문 앞에서 라이니스는 오빠에게 따져 물었다.

"아닌데……."

"오빠도 무지개 뿌리 못 봤잖아!"

"……."

라이니스는 화가 잔뜩 난 듯 오빠를 두고 혼자 걸었다.

"그리고 그것도 못 풀어? 내가 몇 번이나 불렀잖아!"

라이니스는 뒤돌아서서 짜증을 내며 말했다.

"미안."

잠시 머뭇거리던 윌리엄은 엉거주춤 라이니스의 뒤를 따랐다. 빠른 걸음으로 라이니스를 따라잡은 윌리엄은 라이니스의 손을 잡았다. 라이니스는 기분이 덜 풀렸는지 윌리엄의 손을 뿌리치고 마치 화난 경보선수처럼 빠르게 걸음을 걸었다. 윌리엄은 간격을 유지하며 어설픈 보폭으로 따라 걸었다. 라이니스의 기분을 어떻게 풀어야 할까 고민이 됐지만 아마도 얼마 가지 않아 라이니스가 자신의 손을 잡을 것으로 생각했다. 카마야 다리 근처에 가면 라이니스는 어김없이 다리가 아프다고 말했기 때문이다.

비록 다른 반에서 공부하고 있지만 윌리엄은 틈날 때마다 동생을 챙겼다. 라이니스는 학교에서 오빠가 늘 자신이 노는 곳 가까이에 있어서 좋았다. 목이 말라 물탱크 가까이 가면 오빠는 어김없이 플레이 펌프를 열심히 돌렸고, 더위에 지쳐 친구들과 함께 나무 그늘에 앉아 있을 때는 어디서 구했는지 모를 커다란 나뭇잎이나 넓은 나무판으로 열심히 부채질을 해 주었다. 덕분에 윌리엄은 자기 반 또래들로부터는 존재감 없는 아이 취급을 받았지만 라이니스의 친구들에게는 좋은 형이고 오빠였다.

라이니스는 자신이 풀이할 수 있는 수학 문제가 많아지고, 외워서 쓸 수 있는 영어단어가 늘어가는 동안 윌리엄 오빠가 카마야 학교에서 제일 공부를 못하는 학생이라는 사실을 조금씩 알게 되었다. 제대로 대답을 해 준 적은 없지만 자신이 처음 학교에 다닐 때는 그날 공부한 것에 대해 윌리엄 오빠에게 이것저것 물어보기도 했었는데 언제부터인가 그런 일은 아예 사라지고 없었다. 물론 윌리엄 오빠가 학교 공부에 대해 자신에게 물어보는 일 또한 없었다. 학교에서 무엇하나 잘하는 것 없는 오빠지만 곁에 있는 것만으로도 든든했다.

"오빠, 발 아파."

멀찌감치 보이는 다리를 앞에 두고 윌리엄은 라이니스를 등에 업었다. 다리에 가까웠을 때 다리 아래 냇물에서 물놀이 하는 아이들이 보였다. 카마야의 아이들이 학교에 가기 위해 건너고, 트럭이 커피를 싣고 가공공장까지 가기 위해 건너는 다리는 물놀이를 하는 아이들의 훌륭한 다이빙 보드이기도 했다. 아이들은 다리 위에서 짧게 도움닫기를 하여 3m 아래의 냇물로 뛰어내리며 놀았다. 운동 신경이 좋은 아이들은 멋지게 다이빙을 하거나 앞구르기를 하기도 했다. 배치기로 누가 더 많은 물보라를 일으키는지 순위를 정하는 놀이도 하였다. 카마야의 다리는 모든 아이가 좋아하는 최고의 물놀이 장소였다.

"윌리엄!"

윌리엄이 아이들에게 들키지 않으려고 다리 끝으로 붙어 빠르게 걸어가고 있을 때 사무엘이 윌리엄을 불렀다.

"야! 윌리엄!"

잔뜩 긴장한 윌리엄은 애써 못 들은 척하며 계속 걸었다.

"오빠, 사무엘 오빠가 부르는데?"

라이니스의 말에 윌리엄은 걸음을 멈췄다.

"수영하러 올 거지?"

"라이니스 데려다주고 빨리 와."

권유라기보다는 명령에 가까운 친구들의 말에 윌리엄은 아무 대답을 하지 않았다.

"좀 있다가 에드워드 형 올 거니까. 빨리 와! 알았지?"

자석처럼 다리 위에 달라붙은 듯 꼼짝도 하지 않고 있던 윌리엄은 에드워드 형이 온다는 말에 비로소 반응을 보였다. 윌리엄은 고개를 한번 끄덕이고는 곧장 집을 향해 달렸다.

잠시 후, 라이니스를 집에 데려다 놓고 달려온 윌리엄은 멀찌감치 숨어 물놀이 하는 아이들을 쳐다보았다. 아직 에드워드 형은 오지 않았다.

"야! 저기! 윌리엄 왔어."

"뭐해! 윌리엄. 빨리 와."

사무엘의 말에 윌리엄은 얇은 반팔 티셔츠와 반바지를 한쪽에 벗어두고 아이들이 있는 곳으로 천천히 내려갔다.

"윌리엄! 그리로 오면 어떡해? 저기! 저기!"

윌리엄은 엉거주춤한 자세로 어쩔 줄 몰라 했다.

"빨리 저리로 가란 말야!"

사무엘은 다리를 가리키며 다시 한번 큰 소리로 말했다. 다리에서 뛰어내리라는 말이었다. 11세 반에서 유일하게 다리에서 뛰어내릴 수 없었던 윌리엄은 아이들의 성화에 어쩔 수 없이 다리 가운데로 걸어갔다.

항상 다리 위에 서면 느끼는 기분이지만 물속에서 다리를 올려다볼 때와 다리 위에서 물을 내려다볼 때의 높이는 너무 달랐다. 처음 다리 위에 섰다가 포기하기를 반복할 때는 그냥 무섭다는 생각만 했었다. 아예 뛰어내릴 생각이 없었기 때문이다. 하지만 지난번 사무엘이 뒤에서 갑자기 밀치는 바람에 아무런 저항도 하지 못한 채 물속으로 떨어지고 나서부터는 몇 배로 더 무섭게 느껴졌다.

윌리엄은 사무엘의 장난으로 몸이 내동댕이쳐졌을 때의 기억을 다시는 생각하고 싶지 않았다. 하지만 다리 위에 다시 올라서자 그때의 공포가 생생하게 떠올랐다. 아무것도 붙잡지 못한 채 공중에 떠 있던 시간은 너무나 길었다. 크게 소리를 지르고 싶었지만 아무 소리도 낼 수 없었다. 윌리엄은 온몸이 부들부들 떨렸고 침이 바짝 말랐다. 가슴에서 뜨겁고 마른 공기가 목구멍으로 계속 뿜어져 나왔다.

"앞으로 좀 더!"

"앞으로!"

물속에 있는 아이들이 손을 까딱거리며 계속 다리 끝으로 다가오라고 신호했다. 하지만 윌리엄은 단 1cm도 앞으로 다가가기가 두려웠다.

"발바닥을 다리 끝에 걸치란 말이야."

사무엘은 답답해하며 말했다. 윌리엄은 어떻게든 자신의 몸을 움직여보려 했지만 무릎이 달달달 떨리는 것만 느껴질 뿐 발바닥은 조금도 앞으로 나아가지 않았다. 손바닥이 점점 아려왔다. 윌리엄은 자신의 손톱이 손바닥을 찍어 누를 만큼 두 주먹을 꽉 쥐고 있다는 사실도 모르고 있었다.

"어휴, 저 멍청한 자식. 빨리 안 뛸래?"

화가 난 사무엘이 물가로 헤엄쳐 나왔다. 윌리엄은 사무엘이 자신이 서 있는 다리 위로 뛰어 올라와 자신을 힘껏 밀쳐버릴 것을 직감하고는 울상을 하며 앞으로 움직였다. 순간 윌리엄은 자신이 생각했던 것보다 발을 너무 많이 옮겼다는 생각이 들어 움찔했지만 다리 위에 남겨둘 수 없을 만큼 몸은 이미 많이 기울어져 있었다. 무슨 말인지도 알아듣지 못할 외마디 비명을 지르고 우스꽝스럽게 떨어지는 윌리엄을 쳐다보며 아이들은 큰 소리로 웃었다. 하지만 윌리엄에 관한 관심은 그것뿐이었다. 물에 세게 맞닿은 등은 따귀를 맞은 듯 저려왔다. 콧속으로 들어간 물줄기는 맵고 불쾌한 기분을 남긴 후 입안으로 쏟아져 나왔다. 두 팔과 다리를 있는 힘껏 휘저어 수면 위로 나온 윌리엄의 눈에는 아무 일 없는 듯 앞다투어 다리 위로 올라가는 아이들이 보였다. 아이들은 마치 윌리엄에게 자신의 용맹함을 자랑하려는 것처럼 저마다 멋진 포즈로 뛰어내렸다. 한바탕 물놀이가 끝나자 지친 아이들은 물가로 나와 에드워드 형을 기다렸다.

"정말?"

"그래, 형이 말해줬어."

사무엘은 우쭐대며 에드워드 형에게서 들은 빅토리아 호수 근처 호텔에 관한 이야기를 늘어놓았다.

"커다란 접시에 담긴 음식이 너무 많아서 끝이 보이지 않는대. 물론 얼마든지 먹을 수도 있고."

사무엘의 허풍에도 호텔을 직접 본 적이 없는 아이들은 입맛을 다셔가며 사무엘의 말에 계속 귀를 기울였다.

"와! 에드워드 형은 좋겠다."

"사무엘 너도 먹어봤어?"

"나? 응! 당연히 먹어봤지."

"우와 정말?"

아이들은 부러움에 환호성을 질렀다.

"무슨 음식 먹어봤어?"

"어, 나는 너무 배가 불러서 몇 개밖에 못 먹었어. 야! 우리 점프하러 가자. 내가 새로운 동작 보여줄게."

사무엘은 자신이 하던 말을 얼버무리며 다리 위로 뛰어 갔다.

손이 충분히 닿는 얕은 냇가에서 땅을 짚어가며 혼자 헤엄을 치던 윌리엄은 친구들의 이야기를 듣는데 온 신경을 집중하고 있었다. 사무엘을 제외하고는 자신이 에드워드 형과 가장 많은 시간을 보내는 아이였지만 정작 에드워드 형에 관한 이야기는 이렇게 친구들이 나누는 대화를 엿듣는 것이 전부였다. 물론 커피 농장에서 에드워드 형이 어떤 일을 하고 있는지 누구보다 많이 알고 있었지만 친구 중 어느 누구도 윌리엄의 이야기를 들으려 하지도, 궁금해하지도 않았다.

"사무엘!"

다리로 가는 아이들을 따라나서지 않았던 윌리엄은 에드워드 형의 목소리를 듣고 벌떡 일어났다.

"에드워드 형이다!"

아이들은 에드워드에게로 달려갔다. 에드워드는 웃통을

길가에 대강 벗어 던지고는 다리 한가운데에 섰다. 군살 하나 없이 깡마른 근육질의 몸은 굳이 만져보지 않아도 얼마나 단단한지 알 수 있었다. 에드워드는 마치 스프링보드를 튀어 오르듯 높이 도약한 후 멋지게 다이빙을 했다. 뒤이어 아이들도 제각각 자세를 뽐내며 뛰어내렸다.

"형! 형!"

허우적대며 물 밖으로 나온 아이들은 오랜만에 카마야의 다리를 방문한 에드워드 곁으로 몰려들었다.

"형은 음식 다 먹어봤어요?"

"무슨 음식?"

"사무엘이 그러던데 호텔에 가면 음식이 많이 있다고."

"아 그거? 거기 가면 셀 수 없을 만큼 음식이 많이 있어. 아마 너희들은 평생 한 번 보기도 힘들 음식들이지."

"와! 정말요?"

아이들은 이미 사무엘에게 들었던 이야기를 에드워드 형에게서 다시 듣는 것만으로도 허기진 배가 채워지는 듯했다.

"음식만 있는 줄 알아? 영국, 프랑스, 스페인, 독일, 이탈리아. 전 세계에서 온 유명한 사람들이 늘 가득해."

아이들은 에드워드 형이 말한 나라의 사람들이 축구를 잘한다는 것을 알고 있었고, 아마도 유명한 축구 선수들이 정장

차림으로 그곳에 모여 맛있는 식사를 할 것이라 상상했다.

"거긴 엄청나게 큰 무지개가 매일 피어오르기 때문에 사람들은 식사하다가 무지개를 만져보기도 해."

"정말요? 형도 만져봤어요?"

"물론이지."

"와 신기하다. 무지개 만지면 기분이 어때요?"

에드워드는 무지개를 만져본 기억을 떠올리려는 듯 손을 쥐었다 펴고는 먼 곳을 바라보았다.

"기분? 음, 환상적이야. 엄청나지. 말랑말랑하기도 하고 따뜻하기도 하고, 손에 닿으면 기분이 좋아져."

아이들은 귀를 쫑긋 세우고 신비로운 체험을 경청했다.

"너희들 무지개 만져봤어?"

아이들은 한 번도 경험해 본 적이 없는 일이라는 듯 호기심 어린 얼굴로 눈만 껌벅거렸다.

"무지개를 만지고 나면 손이 무지개 색깔이 돼. 계속 무지개 색깔로 있다가 카마야에 올 때쯤 원래 색깔로 돌아오더라고."

에드워드는 오른손을 살짝 들었다. 아이들은 에드워드의 손에 혹시라도 무지개의 흔적이 남아 있지 않을까 신기한 눈으로 쳐다보며 이리저리 뒤집어 보았다.

"에드워드 형! 거긴 어떻게 가요?"

"음, 그게. 너희들은 못가. 걸어서 가다가는 아마 굶어 죽을지도 몰라. 엄청나게 멀거든."

실망한 아이들과 달리 윌리엄은 놀라고 흥분된 표정을 짓고 있었다. 무지개 마을에 대한 엄마의 말이 사실이었기 때문이다. 에드워드 형이 매일 트럭을 타고 향하는 곳이 바로 무지개 마을이었다. 에드워드 형이 무지개 마을로 떠나는 모습을 두 눈으로 직접 보아 왔던 윌리엄은 기분이 날아갈 듯 좋았다. 커피 농장에서 열심히 일하면 언젠가 자신도 에드워드 형처럼 무지개 마을에 가게 될 것이라는 확신이 생겼다. 윌리엄은 에드워드 형이 커피 농장과 무지개 마을에 관한 이야기를 더 이상 하지 않기를 간절히 바랐다. 만약 아이들이 무지개 마을에 가는 방법을 자세히 알게 되면 음식을 먹고 싶은 욕심에 모두 커피 농장에서 일하려고 할 것이기 때문이다. 무엇이든 꼴찌였던 윌리엄은 자신의 순서가 제일 뒤로 밀리게 될 것이고, 언제 무지개 마을에 갈 수 있을지 기약할 수 없으리라 생각했다.

"형! 오늘 뭐 할 거예요?"

"오늘? 음, 오늘은 물 안에서 누가 제일 오래 참는지 시합해 볼까?"

에드워드는 갑자기 떠오른 생각을 미리 준비해 둔 것처럼 말했다.

"저기 옆에 줄을 서고 한 명씩 이리로 들어와."

아이들은 에드워드가 시킨 대로 물가로 가서 줄을 섰다. 에드워드는 조금 깊은 곳으로 천천히 걸어갔다. 아이들은 자신의 발이 닿지 않는 깊은 곳에서 에드워드 형에게 몸을 맡기고 둥둥 떠 있었다. 에드워드는 아이들의 어깨를 두 손으로 꾹 눌러 물속으로 집어넣었다. 친구가 물속에 들어가 있는 동안 대기하고 있는 아이들은 큰 소리로 숫자를 셌다. 열 혹은 스물쯤 되어 아이들이 물속에서 온몸을 흔들어대면 에드워드는 어깨를 짓누르고 있던 손을 놓았다. 물 밖으로 급하게 튀어 오른 아이들은 세수를 하듯 두 손으로 얼굴에 흥건한 물을 재빠르게 훔쳐내고 숨을 헐떡거렸다. 어떤 아이들은 눈물, 콧물 범벅이 된 얼굴을 하고도 힘든 테스트를 당당히 통과했다는 것을 친구들에게 보여주고 싶어서 애써 웃었다.

"윌리엄!"

"야! 윌리엄!"

친구들은 물가에서 꼼짝하지 않고 앉아 있던 윌리엄을 에드워드에게 떠밀었다. 에드워드는 윌리엄의 어깨를 꽉 쥐었다가 풀었다가를 반복하며 말했다.

"야! 넌 왜 꼭 두 번씩 불러야 쳐다보는 거야?"

윌리엄은 에드워드가 언제 자신을 물속으로 쑥 밀어 넣을지 몰라 잔뜩 신경이 쓰였다.

"한 번 만에 대답해. 알았지?"

말이 끝나기가 무섭게 윌리엄은 물속으로 쑥 빨려 들어갔다. 윌리엄은 두 눈을 꼭 감고 팔을 있는 힘껏 휘저었다. 물속의 세계가 눈 앞에 펼쳐지는 것이 너무 두려웠다. 에드워드의 무릎이 자신의 등에 닿는 느낌이 들 때쯤 묵직하고 둔탁한 뭔가가 머리를 툭 건드렸다. 그것은 에드워드의 두 발이었다. 윌리엄은 에드워드가 다른 아이들과 달리 자신을 발로 밟아 물속 바닥에 붙여버리려 하고 있다는 것을 알았다. 물 밖의 아이들이 아직 다섯 개도 채 세지 않았고, 자신은 충분히 숨을 더 참을 수도 있었지만 윌리엄은 미친 듯이 발버둥을 쳤다. 하지만 그럴수록 에드워드의 두 발은 더 세게 등을 짓눌렀다. 윌리엄은 앞으로 혹은 옆으로 헤엄을 쳐서 빠져나와 보려고 했지만 그러한 몸부림을 충분히 예상하는 것처럼 에드워드는 두 발을 옮겨가며 균형을 잡았다.

윌리엄은 엄청난 공포와 두려움을 느꼈다. 에드워드 형이 자신을 물속에서 죽이려는 게 아니란 걸 알았지만 이 상

황을 벗어날 수 있는 유일한 방법은 어쩌면 죽는 것뿐이라
는 생각이 들었다. 윌리엄은 온몸에 힘을 빼고 팔다리를 길
게 늘어뜨렸다. 진짜 죽는 것이 아니라 죽은 체하려 했다. 자
신이 살려고 발버둥을 치면 칠수록 에드워드가 더 견고하게
자신을 짓눌렀기 때문이다. 에드워드가 자신의 몸 이곳저곳
을 밟아도 아무런 반응을 하지 않았다. 윌리엄의 몸은 더 깊
은 물 속으로 내려갔지만 살려고 발버둥을 칠 때보다 마음
이 훨씬 편했다. 아직 이대로 조금 더 숨을 참을 수 있다는
생각을 할 즈음 에드워드가 윌리엄을 물 밖으로 끌어냈다.

"야! 윌리엄!"

"윌리엄!"

에드워드는 놀란 목소리를 하며 윌리엄을 흔들었다. 윌리
엄은 지그시 눈을 뜨고 헛기침을 몇 번 했다. 물을 조금 먹었
지만 고통스러울 정도는 아니었다. 그제야 에드워드는 긴장
이 풀렸는지 윌리엄을 놓고 말했다.

"윌리엄! 너 강하게 만들려고 그런 거야. 알지?"

윌리엄은 고개를 끄덕였다.

"오늘 1등은 윌리엄이다."

"형! 내가 제일 오래 참았는데?"

사무엘이 억울한 듯 말했다.

"아니야, 윌리엄이 물속으로 제일 깊이 들어갔으니까 1등이야."

에드워드는 윌리엄에게 1등을 주는 것으로 자신의 잘못을 무마하려 했다. 하지만 윌리엄은 그런 에드워드가 밉거나 원망스럽지 않았다. 숨이 넘어갈 만큼 힘든 것도 아니었고 오히려 자신이 의도한 대로 에드워드 형을 움직였다는 사실이 신기할 따름이었다.

10

코감기가 든 것처럼 콧속이 맹맹했다. 귓속에 들어있는 물은 돌아누울 때마다 서걱서걱 머리통을 울렸다. 윌리엄은 오후의 물놀이를 떠올렸다. 학교는 물론 지금까지 카마야에 살면서 단 한 번도 1등이라는 것을 해본 적이 없었는데 오늘 카마야 다리 밑에서 큰 상을 받았다. 그것도 에드워드 형에게서. 다음에 또 물속에서 오래 참기 훈련을 하더라도 잘 해낼 수 있을 것 같았다. 에드워드 형이 물속에서 죽은 체하는 사람에게 1등을 준다는 사실을 친구들은 전혀 모를 것이다. 가만히 힘을 빼고 몸을 맡기면 되는 쉬운 일이었다. 친구들 앞에서 잠시 우쭐했던 기분이 늦은 밤까지도 전해져 윌리엄은 살짝 미소를 지었다.

"윌리엄 오빠, 자?"

라이니스도 깨어 있었다.

"아니."

"오빠, 진짜 음식이 그렇게 많이 있어?"

"응, 끝이 보이지 않을 만큼 많아."

라이니스는 오빠가 들려준 음식 이야기를 저녁 내내 몇 번이나 반복해서 물었다. 점점 새로운 사실을 덧붙여 라이니스에게 대답을 하는 동안 윌리엄은 마치 자기가 직접 경험을 한 것처럼 그곳의 풍경이 생생하게 그려졌다.

"윌리엄 오빠, 케이크도 있을까?"

"응, 케이크도 있어."

윌리엄은 케이크를 직접 보지는 못했지만 끝이 보이지 않을 만큼 음식이 많이 있으니 분명히 그것도 있을 것이라 확신했다.

"와! 맛있겠다. 나는 하얀색 케이크만 먹을 거야. 책에서 봤는데 외국 사람들은 생일이 되면 하얀색 케이크에 나이만큼 촛불을 켜고 파티를 한대."

라이니스는 언젠가 동화책에서 보았던 하얀 생크림이 잔뜩 묻어 있는 케이크의 맛이 너무나 궁금했다.

"오빠는 뭘 먹을 거야?"

"나는……."

윌리엄은 먹고 싶은 것이 너무 많아서 일일이 말을 할 수가 없었다. 선생님에게서 들었던 이야기 속의 수많은 음식을 모두 먹고 싶었다. 임금님이 속고 먹은 다리가 하나뿐인 거위 튀김도 먹고 싶었고, 두루미는 주지 않고 여우 혼자 먹었다는 수프도 맛보고 싶었다. 헨젤과 그레텔이 먹었다는 형형색색의 사탕과 과자는 굳이 말할 필요도 없었다.

"윌리엄!"

줄루 할머니가 굳은 표정으로 윌리엄을 불렀다. 윌리엄은 낡은 홑이불을 끌어 올려 머리를 안으로 집어넣고 잠을 청했다. 라이니스도 덩달아 이불 안으로 들어갔다.

"오빠!"

라이니스는 아주 작은 소리로 다시 윌리엄을 불렀다.

"오빠는 뭐 먹을 거야?"

"나는."

"윌리엄!"

줄루 할머니는 더 큰 소리로 다그쳤다. 윌리엄은 아무 대답도 할 수 없었다. 다행히 그 후로 라이니스는 다시 묻지 않았다. 머릿속을 떠돌아다니던 갖가지 음식들의 영상이 희미해질 즈음 윌리엄은 무지개를 떠올렸다. 줄루 할머니 앞에서 라이니스가 무지개에 대해 말을 할까 봐 오늘 에드워드 형에게서 들은 이야기 중에서 무지개에 대한 것은 일부러 들

윌리엄이 상실감과 무기력감에 휩싸인 채 다시 잠이 들었다가 깨어났을 때 라이니스는 평소와 다름없이 자기 곁에 누워 잠을 자고 있었다.

"너 혹시 어제 어디 갔었어?"

"나? 그냥 잤는데? 아무 데도 안 갔어."

라이니스는 영문을 모르겠다는 듯 두 눈을 동그랗게 떴다. 윌리엄은 자신이 본 것이 꿈은 아닐 것이라 생각했다. 아침이 되었는데도 마치 조금 전에 겪은 일처럼 기억이 생생했기 때문이다. 라이니스의 뒷모습, 목소리, 빗방울 소리까지 모든 게 선명했다. 비를 맞으며 사라지는 동생을 잡지 못한 아쉬움으로 아직도 마음 한구석이 저려왔다.

"오빠 왜? 무슨 일 있었어?"

"응, 아니야."

아니라고 했지만 불편한 감정이 온몸을 짓눌렀다.

11

    토요일이라 학교에 가지 않는 라이니스는 오빠가 가는 곳이 어딘지도 모르면서 무작정 따라가겠다고 고집을 피웠다. 커피 농장에서 일하기 전에는 주말 내내 동생을 돌보며 같이 놀았기 때문에 라이니스를 떼어놓기가 쉽지 않았다. 라이니스가 친구들과 어울려 놀거나 혼자서 생활할 수 있을 때까지는 어떻게든 잘 달래놓고 농장을 가야 했다. 동생과 함께 있는 시간이 세상에서 제일 편안하고 행복하지만 커피 농장에서 열심히 일해야 하는 이유가 명확했기 때문에 어쩔 수 없었다. 윌리엄은 동생에게 프리지를 사주겠다는 약속을 하고 농장으로 향했다.

    지난밤 꿈 때문인지 유난히 커피를 담는 바구니가 무겁게 느껴졌다. 기억하고 싶지 않았지만 동생이 혼자 중얼거리던 이상한 소리가 계속 귓가에 맴돌았다. 윌리엄은 다시는 그런 꿈을 꾸지 않았으면 좋겠다는 생각을 했다.

"윌리엄!"

"윌리엄?"

리비아 누나의 손에 작은 천 뭉치가 들려있었다.

"이것 쓰고 해."

머리에 형형색색의 두건을 두른 여인들과 달리 뜨거운 태양 빛에 그대로 노출된 채 일을 하다 보면 얼굴이 따끔거리고 가끔 어지럼증이 생기기도 했다. 하지만 윌리엄은 여인들처럼 그런 것을 머리에 두르는 게 부끄러웠다. 거추장스러웠고 열심히 일하는 것 같지 않았다. 할리 아저씨가 쓰는 밀짚모자는 그나마 남자가 하기에 괜찮아 보였지만 어른이 되어서 써야 할 것 같았다. 어차피 에드워드 형도 머리에 아무것도 쓰지 않은 채 농장에서 일하고 있었기 때문에 윌리엄도 굳이 필요하다는 생각을 하지 않았다.

"여기 놔둘 테니까 꼭 하고 일해. 알았지?"

윌리엄이 아무런 반응을 보이지 않자 리비아 누나는 윌리엄이 커피를 따고 있는 나뭇가지에 천 뭉치를 걸쳐놓고 갔다. 윌리엄은 자신이 절대로 그것을 머리에 두를 일은 없을 것 같았다. 나중에 기회를 봐서 리비아 누나 모르게 누나의 바구니 근처에 갖다 놓을 생각이었다.

리비아 누나가 걸어 둔 천 뭉치가 멀리 보일 만큼 열심히 커피를 따던 윌리엄은 커피나무 가지를 헤쳐 가며 자신을 향해 걸어오는 에드워드를 발견했다. 윌리엄은 자신의 바구니를 힐끔 쳐다보았다. 신경 써서 잘 익은 커피만 땄다고 생각했는데 푸르스름하고 노란 열매가 간간이 보였다. 빨간 커피만 따지 않은 것 때문에 또 혼이 날 것이라 생각한 윌리엄은 하던 일을 멈추고 잔뜩 긴장한 채 서 있었다. 그런데 어찌 된 일인지 에드워드는 윌리엄을 한번 쓱 쳐다보더니 그냥 지나쳤다.

순간 윌리엄은 자신이 어제 냇가에서 1등을 했던 기억을 떠올렸다. 에드워드 형이 친구들 앞에서 처음으로 자신의 손을 들어 주었던 카마야 다리 밑에서의 사건. 윌리엄은 아마도 그 일로 인해 에드워드 형이 자신을 평소와 다르게 잘 대해 주는 게 아닌가 생각했다. 윌리엄은 어젯밤에 꾸었던 꿈의 불편한 기운을 잊을 만큼 기분이 좋아졌다.

"혀, 형!"

들뜬 마음에 윌리엄은 자신도 모르게 에드워드를 부르고 말았다.

"왜?"

에드워드의 목소리는 평소와 다름없이 무뚝뚝하게 들렸다.

"어, 무지개."

"무지개 왜?"

"거, 거기 가봤어요?"

"무슨 소리야?"

에드워드가 버럭 화를 내자 윌리엄은 난처한 표정을 지으며 얼버무렸다.

"아, 아니에요."

"뭐야? 귀찮게. 멍청한 자식!"

윌리엄은 에드워드의 발소리가 들리지 않을 때까지 꼼짝도 하지 못하고 땅만 쳐다보며 서 있었다.

12

"윌리엄 오빠!"

반갑게 맞이하는 동생을 보니 축 처진 어깨가 조금 가벼워졌다.

"프리지 먹으러 갈 거지?"

"응, 그럼."

"줄루 할머니는?"

"밭에 갔어. 나 눈 감을까?"

혼자 집에서 오빠가 오기만을 손꼽아 기다렸던 라이니스는 윌리엄이 잠시 숨을 돌릴 틈도 주지 않았다.

"저기 나무에 가서 해. 절대로 보면 안 돼?"

"응!"

라이니스는 윌리엄이 가리킨 나무로 달려가서 숨바꼭질하듯 손바닥을 겹치고 눈을 감았다. 윌리엄은 라이니스가 어떻게 하고 있는지 잠시 지켜보고 집 뒤로 뛰어갔다.

"다 됐어?"

"아니!"

윌리엄은 돌덩이를 뒤집어 프리지 봉투 안에 있던 1쾌차 지폐를 뒤적거리다가 두 장을 꺼내어 주머니에 넣었다.

"오빠!"

"잠깐만!"

잠시 고민을 하던 윌리엄은 주머니에서 1쾌차 지폐 한 장을 도로 꺼내어 프리지 봉투에 넣어두고 동생에게 달려갔다.

"다 됐어?"

"응."

"아이, 깜짝이야!"

라이니스는 오빠가 등 뒤에 서 있는 줄 알았으면서도 일부러 놀라는 척했다.

"오빠! 빨리 가자."

윌리엄은 한 손으로 라이니스의 손을 잡고 다른 한 손은 주머니에 꾹 쑤셔 넣은 채 학교 가는 길 반대쪽으로 달려갔다. 라이니스는 오빠의 주머니에 들어있는, 이미 잘 알고 있는 신비로운 것을 확인하고 싶었지만 둘만의 달콤한 의식에 문제가 생길까 봐 그것에 대한 어떠한 이야기도 꺼내지 않았다.

둘이 도착한 곳은 집에서 한 시간 거리에 있는 작은 시장
이었다. 길가에 행상을 하는 여인들이 좌판을 펼치고 있는
것이 대부분이었지만 윌리엄과 라이니스는 시장 주변에서 태
어나 살고 있는 사람들이 무척 부러울 만큼 먹고 싶은 게 많
은 곳이었다. 농장에서 같이 일하는 할리 아저씨도 시장 근
처에서 살고 있었다.

윌리엄이 학교에 가기 전에는 줄루 할머니를 따라 시장에
자주 왔었다. 하지만 할머니가 오랜 시간 동안 걸을 수 없을
만큼 다리가 아프고 나서부터는 이렇게 동생과 가끔 시장에
놀러 나왔다. 요즘은 거의 매일 카사바로 만든 시마만 먹어
야 하지만 할머니가 시장을 다녔을 때는 다양한 음식을 맛
볼 수 있었다. 할머니는 마을 근처 밭에서 일당으로 받은 카
사바를 이곳에서 팔거나 다른 물건과 바꾸어 옥수숫가루나
감자, 달걀을 구입했다. 손에 꼽을 정도지만 어떨 때는 바나
나, 망고 같은 달고 맛있는 과일도 먹을 기회가 있었다.

둘은 열심히 달려 판잣집 앞에 섰다. 식료품이나 유행이
지난 슬리퍼 등 잡화를 판매하는 작은 판잣집은 시장에서
가장 환상적인 건물이었고 윌리엄과 라이니스가 시장을 찾
아온 목적이기도 했다. 뿌연 흙먼지로 뒤덮인 라이니스의 슬
리퍼는 원래의 색을 알아보기 힘들었다. 윌리엄의 맨발은 말

할 필요도 없었다.

"프리지 사러 왔니?"

"예. 프리지 주세요."

"몇 개 줄까?"

"하나요."

주인아저씨가 아이스박스의 뚜껑을 열어 프리지를 꺼내자 라이니스는 주머니에 손을 넣고 있는 윌리엄의 팔을 잡았다.

"오빠! 잠깐만."

계산하려던 윌리엄은 동생의 얼굴을 쳐다보았다. 선하고 또 안타까움이 가득한 라이니스의 눈망울이 전하는 말을 윌리엄은 알 수 있었다. 윌리엄은 아저씨를 물끄러미 쳐다보더니 미안하다는 듯 고개를 천천히 숙이고 다른 곳으로 달려갔다.

"아이, 저 녀석들 참."

주인아저씨는 프리지를 다시 아이스박스에 집어넣고 뚜껑을 세게 닫았다.

"오빠, 나 다른 것 좀 보고 프리지 먹으면 안 돼?"

"그래."

라이니스는 들뜬 마음으로 윌리엄의 손을 이끌었다.

"아줌마! 이거 얼마에요?"

프리지를 잠시 보류하고 라이니스가 처음 간 곳은 사모사를 파는 곳이었다. 사모사는 세모 모양의 튀김 안에 감자나 다진 고기가 들어있는 간식이다. 굳이 한 입 베어보지 않아도 바삭거리는 소리가 들리는 듯했다.

"1과차."

아주머니는 주먹만 한 사모사를 가리키며 말했다. 윌리엄은 라이니스를 쳐다보았다.

"아니 괜찮아. 우리 다른 것 또 보고 오자."

라이니스는 아예 윌리엄의 손을 놓고 혼자 뛰어갔다. 윌리엄은 한쪽 주머니에 손을 넣은 채 라이니스를 뒤따랐다.

"아줌마! 이거 얼마에요?"

아주머니는 프리타가 가득 담긴 봉지를 들었다.

"이거? 2과차. 줄까?"

아주머니는 금속으로 된 네모난 뚜껑을 열고 하얀 설탕을 한 숟가락 가득 폈다. 윌리엄이 오케이 신호를 보내면 즉시 고소한 프리타 위에 멋지게 흩뿌릴 기세였다. 라이니스는 숟가락 위의 설탕에 한동안 시선을 멈추고 있다가 윌리엄을 쳐다봤다. 윌리엄은 주머니 속의 과차를 만지작거렸다.

"이렇게 해서 1과차."

둘이 한참을 미적거리자 아주머니는 봉지에 든 프리타를

반쯤 덜어내고 윌리엄에게 내밀었다. 윌리엄은 주머니에 넣었던 1콰차를 돌덩이 아래 다시 놔두고 온 것을 후회했다. 1콰차로 하얀 설탕이 묻은 프리타를 사고 나머지 1콰차로 프리지를 산다면 정말 좋았을 텐데.

"오빠! 우리 다른 것 보고 오자."

라이니스는 시마를 판매하는 아주머니를 그냥 지나쳤다. 시장에서 판매하는 시마는 집에서 먹는 시마와는 많이 달랐다. 옥수숫가루로 만들어서 더 고소했고 걸쭉한 소스와 감자, 닭고기 덩어리가 접시에 가득 담겨 나왔다. 하지만 어린 라이니스를 유혹하기에는 부족해 보였다.

"아저씨 이거 얼마예요?"

"응, 1콰차."

"프리지가 더 맛있겠다. 그치? 윌리엄 오빠, 우리 그냥 프리지 먹으러 가자."

구운 옥수수를 파는 곳을 마지막으로 라이니스는 윌리엄의 손을 잡고 판잣집으로 향했다.

"어? 저긴 뭐 하는 곳이야?"

판잣집을 향해 뛰어가던 라이니스는 갑자기 발걸음을 멈추고 검은색 페인트가 칠해진 건물을 가리켰다.

"저긴 가면 안 돼."

"왜? 오빠! 우리 저기 뭐 파는지 가 보자. 응?"

라이니스는 호기심을 멈추지 못하고 어리광을 부렸다.

"안 돼. 저긴 무서운 곳이야. 할머니가 저기 가면 병이 들어 죽는다고 그랬어."

"정말?"

"빨리 가자. 저기 옆에서 숨만 쉬어도 죽을지 몰라."

윌리엄은 라이니스의 손을 잡고 할머니가 절대 가면 안 된다고 말한 검은 집을 최대한 멀리 둘러서 뛰어갔다. 검은 집에서 뛰어나온 무언가가 자신들의 등을 잡아당길 것만 같았다.

"프리지 살 거면 1쾌차 먼저 내놔."

쓸데없이 아이스박스 속의 냉기를 날려 보낸 게 기분 나빴는지 주인아저씨는 윌리엄을 향해 엄포를 놓았다. 윌리엄은 집에서부터 한 번도 놓지 않았던 쾌차를 천천히 꺼내어 아저씨에게 건넸다. 그제야 아저씨는 아이스박스의 뚜껑을 열었다.

"오빠도 먹어."

라이니스는 빨고 있던 프리지를 오빠에게 건넨다.

"나는 괜찮아."

"왜?"

"배 안 고파."

"싫어! 오빠도 먹어. 나도 그럼 안 먹을 거야."

집으로 향하는 길에 작은 실랑이가 벌어졌다. 침이 고일 대로 고인 윌리엄은 라이니스가 눈치를 채지 못하게 침을 삼킨 후 말했다.

"여기 봐!"

윌리엄은 자신의 아랫입술을 가리키며 라이니스에게 들이댔다.

"사실은 배고픈 게 아니라 아파서 못 먹는 거야. 여기 많이 부었지?"

라이니스는 눈을 크게 뜨고 윌리엄의 입술을 쳐다보았다. 자세히 보니 두툼한 오빠의 입술이 부은 것 같아 보이기도 했다.

"아침에 넘어져서 다쳤어. 아아! 지금도 아픈데 프리지 먹으면 너무 아플 것 같아."

아프다는 오빠에게 더 이상 떼를 쓸 수 없었던 라이니스는 프리지를 다시 물었다. 달달한 오렌지 향이 입안 가득 퍼졌다. 게다가 시원하기까지 했다. 단물이 점점 빠지고, 남아 있는 작은 얼음 알갱이가 녹아 없어지는 것이 무척 아쉬웠다.

"윌리엄 오빠! 다리아파."

아무리 빨아도 더 이상 단물이 나오지 않을 때쯤 라이니스는 가던 길을 멈췄다.

"응, 이리와."

윌리엄은 라이니스 앞에 쪼그리고 앉아 등을 내밀었다. 라이니스는 다 먹은 프리지 비닐을 오빠에게 건넨 후 오빠의 등에 업혔다. 시장을 뛰어다니며 먹고 싶은 음식을 마음껏 못 먹은 아쉬움 때문인지 라이니스의 몸은 평소보다 더 처져 있었다. 가만히 생각해 보니 시장을 갈 때는 라이니스가 한 번도 업어달라고 한 적이 없었던 것 같았다. 윌리엄은 라이니스에게 받은 빈 프리지 봉투를 입에 물었다. 신기하세도 아직 달달한 향기가 많이 남아 있었다.

13

다리가 점점 저려왔다. 개미들이 기어올라 종아리를 간질이고 있었지만 윌리엄은 풀숲에 몸을 숨긴 채 꼼짝을 하지 않았다. 한참 동안 숨을 죽이고 앉아 있는데도 웅덩이 안에서는 아무런 일도 일어나지 않았다. 요즘 들어 동심원을 더 자주 볼 수 있었기 때문에 은근히 기대했는데 아쉽지만 오늘도 실패한 것 같았다.

웅덩이 안의 너울을 처음 목격했을 때는 정말 무서웠다. 자신 외에는 아무도 없었고, 생전 처음 그런 현상을 보았기 때문이다. 하지만 이젠 물을 긷는 동안 아무런 일이 일어나지 않는 것이 오히려 더 이상했다. 너울을 일으키는 존재를 한 번도 본 적이 없지만 애써 웅덩이 쪽을 외면한 채 물을 긷고 있으면 윌리엄의 마음을 알았다는 듯 녀석은 큰 동심원을 그려놓고 사라졌다. 자신들이 직접 보지도 않은 것까지

으스대며 자랑하는 친구들이 지금껏 한마디도 하지 않은 것을 보면 웅덩이 안의 이상한 현상은 카마야에서 윌리엄 자신만이 알고 있는 비밀이 분명했다.

윌리엄은 물을 담기 위해 일어섰다. 더 있었다간 줄루 할머니께 혼이 날지도 모르기 때문이다. 웅덩이의 물은 어제 왔을 때보다 더 줄어든 것 같았다. 윌리엄은 평소보다 한 발 더 들어가서 물통에 물을 퍼 담았다. 만약 이대로 웅덩이의 물이 모두 말라버린다면 학교 가는 길에 있는 냇물까지 왕복 두 시간을 걸어서 물을 길어 와야 했다.

14

"모두 여길 보세요."

아시아인은 신나는 표정으로 카마야 3지구 농장 사람들의 모습을 스마트폰 카메라에 담았다. 그가 팔을 위로 길게 뻗어 셔터를 몇 차례 누르는 동안 농장의 여인들과 에드워드는 활짝 웃거나 혹은 부끄러워하는 표정으로 스마트폰을 올려다봤다. 아시아인은 조금 전 찍은 사진을 차례로 넘겨보다가 제일 잘 나온 것 몇 개를 자신의 SNS 계정에 업로드 했다. 사진이 공개되자마자 추천 수와 댓글이 순식간에 늘어났다. 아무래도 산지에서 직접 찍은 사진은 팔로워들에게 신뢰를 주었고 인기가 좋았다. 아시아인이 SNS 작업을 하는 동안 농장주 빅터는 할리를 만나고 있었다.

"곧 우기가 오니까 이번에 최대한 많이 수확하도록 해. 인부들도 모을 수 있는 데까지 모으고."

"예, 사장님."

"그리고 에드워드는 내년에 빅토리아 밀(Mill)에서 일을 시킬 생각인데 아직 결정된 건 아니니까 알리지 말고. 참, 지난번 새로 뽑은 애가 저 애야?"

"예, 윌리엄!"

"윌리엄!"

커피나무 사이에서 윌리엄이 얼굴을 내밀었다.

"이리와!"

빅터는 깡마른 체구의 윌리엄을 위아래로 훑어봤다.

"11살인데 참 착하고 열심히 합니다."

"너무 어리지 않아? 너 이거 한번 들어봐."

윌리엄은 농장주가 가리키는 10kg 남짓한 포대를 들어 올렸다. 조금 버거운 듯했지만 농장주가 지켜보고 있어서 그런지 더 힘이 났다.

"공부는 좀 못하는데 일은 정말 열심히 합니다. 에드워드를 처음 데려왔을 때보다 훨씬 나아요."

빅터는 고개를 끄덕였다. 아시아인의 눈에 띄기 위해 근처에서 서성거리던 에드워드는 윌리엄이 농장주 앞에서 포대를 가슴 높이까지 들었다 놓는 모습을 지켜보고 있었다.

"공부는 좀 못해도 괜찮으니까 착하고 성실한 애를 찾아 봐."

몇 달 전, 할리는 에드워드가 어른들의 일을 할 수 있을 만큼 성장하자 에드워드를 대신할 다른 아이를 찾았다. 그 건 농장주가 시키지 않아도 할리 자신이 알아서 해야 할 일 이었다. 에드워드는 할리 아저씨의 말을 떠올리며 동생 사무 엘과 같은 반에 다니는 아이들을 하나씩 검토해 보았고 그 결과 찾아낸 아이가 바로 윌리엄이었다. 학교 공부는 바닥이 었고 자신의 명령은 무조건 따랐던 아이라 여러모로 조건에 딱 들어맞았다.

"무쿠니에 산다고? 낯이 많이 익은데?"

에드워드는 할리 아저씨로부터 윌리엄을 잘 뽑았다는 말 을 듣고 우쭐했지만 한 가지 마음에 들지 않는 것이 있었다. 그것은 윌리엄이 필요 이상으로 너무 착하고 성실하다는 것 이었다. 농장에서 어떤 잡일을 시켜도 싫은 내색 하나 없는 윌리엄을 볼 때마다 할리 아저씨는 늘 웃으며 칭찬했다. 아직 어리다 보니 주어진 일을 완벽하게 해내지는 못했지만 같은 일을 반복해서 하는 동안 실수가 눈에 띄게 줄었다. 윌리엄 이 농장에서 하는 일의 종류가 점점 많아지고 있는 것을 보 면 분명 알 수 있었다.

빅터와 아시아인이 떠나고 당일 수확한 커피를 트럭에 모두 실은 후 할리는 농장의 여인들을 불러 모았다.

"내일부터 한 시간 일찍 나오도록 하세요. 이번 달 말까지 수확량을 최대한 늘려야 됩니다."

"아이들 학교 보내려면 지금 시간도 빠듯해요."

여인들은 웅성거렸다.

"차라리 오후에 한 시간 더 하면 안 되나요?"

할리는 잠시 생각에 잠겼다. 빅토리아 밀(Mill)에 도착하는 시간을 늦출 수는 없는 노릇이었다. 카마야 지역 일곱 군데 농장에서 수확한 생두들이 모두 제시간에 도착해야 그곳의 시스템이 정상적으로 작동하기 때문이었다.

"그건 안 돼요. 돈 더 벌게 해 준다는데 왜 싫어하지? 나오기 힘든 사람 있으면 말해 봐요."

아무도 대꾸하는 사람이 없었다.

"그럼 그렇게 알고. 오늘 이만 마칩시다. 그리고 일손이 더 필요하니 주변에 일할 수 있는 사람들 있으면 데리고 와요."

여인들은 평소보다 무거운 발걸음으로 하나둘 농장을 떠났다.

"참, 윌리엄!"

"윌리엄!"

"너도 이제 내일부터는 농장에 나와서 일하도록 해."

학교에 있을 시간에 농장에 나오라는 할리 아저씨의 말에 윌리엄은 즉시 대답을 하지 못했다. 라이니스는 어떻게 하라는 말인지.

"저, 동생이……."

"아! 동생하고 같이 학교에 다니지? 음, 농장일은 학교보다 일찍 마쳐줄 테니까 걱정 말고. 아침에 동생을 학교에 데려다주고 농장으로 바로 와라. 이제 일당도 매일 쳐 줄 테니."

내일부터 자신의 일과에 뭔가 큰 변화가 생기는 것이 분명했지만 그게 어떤 의미인지 잘 와 닿지 않았다. 그저 돈을 매일 준다는 것과 동생이 학교에 다니는 데 아무 문제가 없다는 말만 귀에 들어왔다.

윌리엄은 학교 대신 농장을 선택해야만 했다. 농장에서 열심히 일하며 많은 시간을 보내야만 엄마가 있는 무지개마을에 가는 시간이 당겨질 것 같았다. 그것 말고 자신이 무지개마을에 갈 방법은 없었다. 게다가 이제 다른 여인들처럼 커피 무게만큼 콰차를 받을 수 있다고 생각하니 무척 설레었다. 돌덩이 아래 숨길 수 없을 만큼 많아질 콰차를 어디에 두어야 할지 벌써부터 고민이 되었다.

집으로 가는 동안 윌리엄은 오늘 받은 주머니 속의 콰차를 만지작거리며 시장에서 동생과 먹고 싶은 음식을 마음껏 사 먹고 프리지를 각자 하나씩 입에 물고 돌아오는 모습을 그려보았다. 그리고 할리 아저씨가 농장주 빅터에게 했던 말을 계속 떠올렸다.

'에드워드를 처음 데려왔을 때보다 훨씬 나아요!'

15

라이니스가 교실로 들어가는 것을 확인한 윌리엄은 자신이 공부하던 11세 반을 쳐다보았다. 아이들은 카마야에 학교가 있을 때나 없을 때나 늘 같이 모여서 놀았다. 학교라는 울타리가 생기고 난 이후부터 새로운 말과 노래를 배우고 깨끗한 물을 마실 수 있었다. 물론 지켜야 할 것도 많이 생겼다.

윌리엄은 학교에 다닌 이후부터 자신이 잘할 수 있는 일과 잘할 수 없는 일을 명확히 알게 되었다. 물을 길어오는 일, 땔감을 주워오는 일, 잘 익은 커피를 따는 일은 자신이 열심히 하면 항상 해낼 수 있는 일들이었다. 하지만 복잡한 수학 문제를 풀고, 긴 영어단어를 외우는 일은 선생님에게 늘 칭찬을 받는 공부 잘하는 친구들이 해야 하는 일이라는 생각을 하게 됐다.

윌리엄은 할리 아저씨의 지시와 자신의 행동이 톱니바퀴처럼 착착 맞아 돌아가는 커피 농장을 향해 뒤돌아 뛰었다. 라이니스는 학교에서, 자신은 농장에서 각자가 잘할 수 있는 것을 열심히 한 후에 다시 만나 집으로 돌아오면 되는 쉬운 결정이었다.

운동장을 벗어나 농장으로 향하는 발걸음은 그다지 무겁지 않았다. 셀레나 선생님이 자신을 찾을 것이라는 생각을 잠시 하긴 했지만 어차피 카마야의 학교에는 놀거나 일하거나 아파서 결석하는 아이들이 늘 있었기 때문이다.

16

　일찍 농장으로 온 윌리엄은 창고 안에 있는 바구니들을
모두 들고나와 여인들이 가져갈 수 있게 하나씩 잘 펼쳐 놓
았다. 그리고 창고 안에 널브러진 연장들과 저울을 정리했다.
평소에 에드워드 형이 하는 것을 곁눈질로 보았던 터라 마치
자신이 해오던 일처럼 쉽게 느껴졌다. 윌리엄은 이렇게 열심
히 하다 보면 에드워드 형이 언젠가는 자신에게 마음을 풀고
잘 대해 줄 것이라 생각했다.

　할리 아저씨가 아침에 다른 일을 시키기까지 커피를 따고
있어야겠다고 생각한 윌리엄은 바구니를 하나 들고 커피나
무 사이로 들어갔다. 오늘따라 잘 익은 커피 열매가 더 많이
보이는 것 같았다. 커피 열매로 바구니를 채워가던 윌리엄은
맛있어 보이는 빨간 커피 세 알을 따서 주머니에 넣었다.

　"윌리엄!"

등 뒤에서 들려오는 에드워드 형의 말투는 자신을 물속에서 오래 참기 1등으로 인정하던 때와는 분명 달랐다. 커피 농장에서 평소에 자신을 부르던 무뚝뚝한 목소리였다.

"야! 윌리엄!"

윌리엄은 주눅이 든 채 에드워드를 쳐다보았다.

"한 번 만에 대답하라고 했잖아."

윌리엄은 카마야 다리 밑에서 에드워드가 자신의 어깨를 짓누르며 그 말을 했다는 사실을 떠올렸다.

"이리로 와봐."

윌리엄은 천천히 에드워드 앞으로 걸어갔다.

"너 창고에 왜 들어갔어?"

윌리엄은 할리 아저씨 심부름으로 창고에 자주 들어가 보았기 때문에 그 일이 큰 문제가 아니라고 생각하고 있었다.

"왜 시키지도 않은 일을 하는데? 그게 네 일이야?"

에드워드는 자신이 농장에서 해야 할 일을 윌리엄이 해 놓은 것이 불쾌했는지 무섭게 쏘아붙였다.

"앞으로 한 번만 더 창고에 들어가면 가만 안 둬. 알았어?"

윌리엄은 잔뜩 주눅이 든 채 고개를 끄덕였다.

"그리고 너 주머니 안에 든 것 꺼내 봐."

윌리엄이 미적거리자 에드워드는 윌리엄의 팔을 잡아당긴

후 반바지 주머니에 손을 집어넣었다.

"너 도둑이야?"

에드워드의 손바닥에는 빨갛게 익은 커피 세 알이 놓여 있었다.

"누가 이거 훔쳐 가랬어?"

윌리엄은 에드워드 형이 무슨 말을 하는지 몰랐다. 커피를 따는 여인들이 덥고 지칠 때 잘 익은 커피 몇 개를 입에 넣고 오물오물 씹으며 일하는 것은 전혀 이상한 풍경이 아니었다. 더군다나 할리 아저씨, 에드워드 형이 커피를 따서 먹는 모습도 흔하게 보았다. 윌리엄이 첫날 농장에서 일할 때 할리 아저씨가 커피 세 알을 건네주는 모습을 에드워드도 분명히 보았다. 그 이후로 윌리엄은 동생 입에 넣어줄 커피 3개를 가지고 가는 대신 단 한 번도 농장에서 일하는 동안 커피를 따 먹지 않았다. 이 모든 상황을 에드워드는 분명히 알고 있었다.

"너 농장에서 일하기 싫어?"

"아, 아니."

"커피 한 번만 더 훔쳐 가면 할리 아저씨에게 말해서 여기 못 나오게 할 거니까 알아서 해."

에드워드는 윌리엄에게 뺏은 커피 세 알을 입안에 털어 넣은 후 커피 농장에 한 번도 와 본 적이 없는 사무엘이 자신에게 그랬던 것처럼 힘주어 씨앗을 뱉었다.

"퉤!"

윌리엄의 옷에 잠시 달라붙어 있던 커피 씨앗이 땅바닥으로 떨어졌다. 윌리엄은 바지 밖으로 삐져나온 주머니를 속으로 집어넣었다. 땅바닥에 두었던 커피 바구니를 다시 들어 목에 메는 순간 누군가 한동안 자신을 지켜보고 있다는 것을 알았다. 리비아 누나였다. 윌리엄은 애써 리비아 누나의 시선을 외면한 채 빨갛게 잘 익은 커피 열매를 따기 위해 이리 저리 나뭇가지를 뒤적거렸다. 하지만 두 눈 가득 방울방울 맺힌 눈물이 아른거려 찾기가 쉽지 않았다.

"본세 아바 무 포케렐라 바 리펠레 마카 아쿠바 바나!"

오후가 되자 어김없이 한 여인이 노래를 시작했다. 여인의 노랫소리가 끝나면 어디선가 또 다른 여인이 이어받아 노래를 불렀다. 따로 순서를 정하지도 않았는데 노랫소리가 끊이지 않고 척척 이어지는 것이 참 신기했다. 윌리엄의 바구니는 주말에 나와 커피를 딸 때보다 훨씬 가벼웠다. 오전에 농장에 온 이후로 커피나무 주변의 잡풀을 뽑는데 많은 시간을 보냈기 때문이다. 평소보다 부족한 바구니를 채우기 위해 윌리엄의 손은 빠르게 커피나무와 바구니 사이를 오갔다.

"윌리엄!"

"윌리엄!"

"윌리엄도 한 곡 불러봐."

"그래, 윌리엄! 한 곡 해봐."

노랫소리와 웃음소리가 가득하던 농장에 갑자기 정적이 흘렀다. 장난기 가득한 여인들의 요청이 있고 난 뒤에도 한참 동안 노랫소리는 이어지지 않았다. 윌리엄은 노래는커녕 숨소리를 줄여야 할 만큼 긴장했다. 호흡은 가빠지고 얼굴이 화끈거렸다. 키만큼 큰 커피나무에 둘러싸여 자신의 얼굴을 남들에게 보이지 않아도 된다는 게 정말 다행스러웠다. 그냥 커피나 열심히 따면 되는데 왜 이런 걸 시키는지 모르겠다는 생각이 들었다. 사람들 앞에서 노래한다는 것은 윌리엄에게는 학교에서 수학 문제를 푸는 것만큼이나 어려운 일이었다. 마땅히 아는 노래도 없고 이런 상황을 겪어본 적도 없었다.

"쿠바 바나 쿠바 바나 쿠바 바나 바쾌 레사!"

무슨 큰 잘못을 한 것처럼 엄청난 부담이 온몸을 점점 짓눌러 오고 있을 때 리비아 누나의 노랫소리가 들렸다. 여인들은 리비아 누나의 선창에 화답하여 다 같이 노래를 불렀고 그제야 윌리엄은 마음을 놓을 수 있었다. 이제 매일 커피 농장에 나와야 하는 윌리엄에게는 그동안 없던 새로운 걱정 거리가 생긴 것 같았다. 하지만 단 한 번도 칠판에 나가 수학 문제를 풀어 본 적이 없는 것처럼 자신은 절대로 노래를 부르지 않을 것이다. 그런 부끄러운 일을 남들 앞에서 한다는 것은 상상도 할 수 없었다.

여인들의 커피 무게를 재는 동안 윌리엄은 들뜬 기분으로 멀찌감치 서 있었다. 주말만큼은 아니지만 바구니에는 제법 많은 양의 커피가 담겨 있었다. 농장의 다른 일을 하느라 커피를 딸 시간이 부족했지만 더 집중하고 노력한 탓에 만족할 만한 양을 채운 것 같았다. 오늘부터는 농장의 여인들처럼 자신이 딴 만큼의 커피를 할리 아저씨의 노트에 기록하고 예전보다 더 많은 콰차를 받을 수 있을 것이다. 윌리엄은 자신에게 필요한 것보다 너무 많은 콰차를 받게 되면 어떡하나 걱정이 되기까지 했다. 어른들이 받는 만큼의 콰차를 받기에는 자신은 아직 너무도 어린 나이였다.

"윌리엄!"

"윌리엄!"

"오늘 고생했지?"

할리 아저씨는 윌리엄의 어깨를 두드려주었다. 윌리엄은

여전히 할리 아저씨와 눈을 맞추지 않았지만 다른 날보다 기분은 무척 좋았다.

"어디 보자."

할리 아저씨는 윌리엄의 바구니를 한 번 쳐다보고는 늘 그랬던 것처럼 무게를 재어보지 않았다. 에드워드는 윌리엄이 딴 커피를 가까이 있는 자루에 다 부어버렸다. 할리는 자신의 일을 모두 마쳤다는 듯 펼치고 있던 노트를 접어서 운전석 옆에 던져 넣은 후 트럭의 시동을 켰다. 윌리엄의 눈에 할리 아저씨의 절뚝거리는 걸음걸이가 평소보다 더 보기 흉하게 느껴졌다.

라이니스가 학교를 마치기까지 아직 시간이 남긴 했지만 윌리엄은 농장을 떠나지 못했다. 할리 아저씨가 자신의 커피 무게를 재어보지 않고 노트를 접어 버리는 모습이 자꾸 떠올랐다. 왜 그런 건지 알 수도 없고, 물어볼 수도 없었다. 몇 번을 되뇌어도 할리 아저씨가 일당을 쳐 준다는 말을 자신에게 한 것은 분명했다. 답답하긴 했지만 일요일까지 일을 하고 과차를 받아보아야 정확한 이유를 알 수 있을 것 같았다.

농장에서 노래를 불러야 하는 것과 일당을 받는 것. 여긴 분명 학교가 아닌데 수학 문제처럼 자신이 해결할 수 없는 일이 오늘 하루 동안 두 가지나 생겼다.

"윌리엄?"

"이거."

리비아 누나가 손을 내밀었다.

"괜찮아. 받아."

리비아 누나는 윌리엄의 손을 펼쳐 커피를 한 주먹 놓아주었다. 리비아 누나가 저만치 사라지자 윌리엄은 손에 들고 있던 커피를 주머니에 넣고 학교로 달려갔다.

17

"지난번 설치해 주신 플레이 펌프만 해도 너무 감사한 데 또 이렇게 도와주시니……"

"아닙니다. 항상 부족하지요. 더 많이 도와드리지 못해서 늘 미안하게 생각하고 있습니다. 플레이 펌프는 어때요? 잘 작동되나요?"

"예, 배탈 나는 아이들이 눈에 띄게 줄었습니다. 아이들도 정말 재미있어 하구요."

"다행입니다. 저도 플레이 펌프는 아프리카에 와서 처음 봤어요. 보는 순간 여기에 꼭 필요하겠다는 생각이 들더라고요."

교무실에서 셀레나 선생님과 아시아인이 대화를 나누는 중에 빅터가 작은 자전거 두 대를 들고 교실로 들어왔다.

"이게 마지막입니다."

새 자전거 5대가 교무실에 나란히 세워져 있었다.

"정말 감사합니다. 멀리서 한 시간 넘게 걸어오는 아이들이 많은데 자전거를 받으면 정말 좋아할 거예요. 혹시 학생 선발에 관해 의견이 있으시면 말씀해 주세요. 저희가 최대한 반영해서 수상하도록 하겠습니다."

"아휴, 아닙니다. 그런 어려운 일은 선생님께서 해 주셔야죠. 저는 여기까지만 하겠습니다."

"어려울 게 뭐 있나요. 공부 잘하는 아이들에게 나눠주면 되죠."

빅터가 거들었다. 셀레나 선생님은 아시아인을 쳐다보았다.

"아이 뭐, 그것도 좋습니다."

"예, 그럼. 음, 이번 중간시험 성적이 우수한 아이들을 뽑아서 상으로 자전거를 주도록 하겠습니다."

"예! 뭐든 좋습니다."

라이니스와 반 친구들은 쉬는 시간마다 교무실로 달려가 창문 너머로 보이는 새 자전거를 신기한 듯 쳐다보았다.

"이번 중간시험에서 좋은 성적을 거둔 학생에게 상으로 줄 것입니다."

아이들은 마치 지금 새 자전거를 타고 마을과 학교, 아프리카의 초원을 달리고 있는 것처럼 신나는 표정을 짓고 있었다. 라이니스도 윌리엄 오빠의 허리를 꽉 끌어안고 자전거를 타는 모습을 그리며 행복해했다.

윌리엄은 주머니를 쳐다보았다. 주말에 농장에서 일하고 나서 겨우 세 알을 가져와 라이니스의 입에 넣어주었는데 오늘은 둘이서 충분히 먹을 수 있을 만큼 두둑했다.

공부를 마치고 아이들과 함께 교실을 나오던 라이니스는 플레이 펌프 옆 벤치에 혼자 앉아 있는 윌리엄을 보았다.

"윌리엄 오빠!"

라이니스의 목소리에 윌리엄은 자리에서 일어섰다.

"오빠! 벌써 마쳤어?"

"어, 빨리 마쳤어. 어서 가자."

윌리엄은 혹시라도 셀레나 선생님이 자신을 볼까 봐 라이니스를 데리고 서둘러 교문을 나섰다.

"공부 잘했어?"

"응."

"오빠! 오빠도 오늘 봤어?"

"뭐?"

"외국 사람이 가져온 선물."

윌리엄은 영문을 몰라 잠시 머뭇거리다 대답했다.

"아, 그거?"

"응, 선생님이 중간시험에서 잘한 아이에게 상으로 준대. 난 꼭 받을 거야."

"응."

"오빠! 어디 아파?"

윌리엄은 중간시험이 자신과는 상관없는 이야기라는 생각을 했다. 그리고 농장에서의 아쉬움이 아직 가시지 않았는지 힘없는 목소리로 대답했다.

"나? 아니."

"그런데 왜 그래?"

"아니야. 괜찮아. 참, 라이니스! 아~ 벌려봐."

라이니스는 윌리엄 오빠가 무엇을 하려는지 알고 있는 듯 웃음 띤 얼굴로 크게 입을 벌렸다. 윌리엄은 주머니에서 커피를 하나 꺼내어 라이니스의 입에 넣어주었다.

"이것 봐."

"우와!"

라이니스는 평소와 달리 오빠 손바닥 위에 가득히 놓여 있는 빨간 커피 열매를 보며 환호성을 질렀다.

"이렇게 많이?"

"응! 리비아 누나가 줬어."

"정말? 와! 오빠도 어서 먹어."

라이니스는 손가락으로 커피 열매 하나를 집어 윌리엄의 입에 넣어주었다. 오물오물 커피의 과육을 터트리자 달달하고 향긋한 기운이 입안 가득 퍼졌다.

"맛있지 오빠?"

"응, 달다."

윌리엄은 아시아인이 왜 이렇게 더운 아프리카 시골까지 와서 힘들게 커피를 수확해 가는지 알 수 있을 것 같았다. 커피 하나만 입에 넣어도 이렇게 달달하고 좋은데 그렇게 많은 커피를 가져가서 먹으면 얼마나 좋을까 하는 생각이 들었다.

"푸!"

"하하하하!"

라이니스가 어설프게 뱉은 씨앗이 자신의 턱에 달라붙었다. 그것을 본 윌리엄이 재미있다며 웃었다.

"푸!"

"우와!"

윌리엄이 뱉은 씨앗이 멀리 날아가자 라이니스는 환호성을 질렀다.

"오빠! 우리 누가 멀리 가는지 시합하자."

"푸!"

"푸!"

"하하하하!"

"푸!"

"우와!"

"푸!"

둘은 손바닥 위의 커피가 모두 사라질 때까지 커피 씨앗을 뱉으며 걸었다.

"시간이 많이 됐네요. 오늘은 5구역까지만 보고 호텔로 돌아가죠."

아시아인은 운전 중인 빅터에게 말했다. 아시아인은 수확의 막바지에 이른 카마야 지역을 올해 마지막으로 방문하는 것이라 7개의 농장을 모두 둘러보고 싶었다.

"그럼 6, 7구역은 내일 오전에 둘러볼까요?"

"예, 그게 좋겠습니다."

빅터는 아시아인이 머무는 호텔을 향해 액셀을 밟았다. 드넓은 갈색의 들판, 드문드문 보이는 바오밥 나무, 빨강, 파랑, 보라 형형색색의 플라스틱 통에 식수를 가득 담아서 이고 가는 여인들, 그리고 전통 가옥들. 이국적인 아프리카 대륙의 풍경을 바라보던 아시아인은 자신이 하고 있는 일이 멋지게 느껴졌다. 선뜻 도전하기 힘든 미지의 길을 선택한 것을 단 한 번도 후회해 본 적이 없었고, 일과 봉사가 함께 하는 아프리카와의 인연을 평생 이어가고 싶었다. 낯선 곳에 발을 디딜 때마다 삶이 곧 여행이라는 말을 실감했고, 이런 여정의 끝에 죽음이라는 문을 마주하게 되면 자신은 기꺼이 그 문을 열고 들어갈 것이라는 생각을 했다.

"하라(Harrar)[5*]는 끝인데 여긴 시작이네요."

아시아인은 회상하듯 말했다.

"하라요?"

"예, 요즘은 예전의 명성에 걸맞은 하라 커피를 찾기가 힘들어요. 정말 대단했는데."

빅터는 아시아인이 하는 말을 이해하지 못한 듯 대답 없이 운전을 계속했다.

"우리 카마야는 오래오래 유명한 커피 산지로 남으면 좋겠어요."

"예, 그렇게 돼야죠."

"빅터 사장님이 여기 있으니 든든합니다. 판로는 제가 책임질 테니 걱정 마시고 농장관리 잘 부탁드립니다."

5* 에티오피아를 대표하던 커피로 에티오피아의 축복이라 불렸다.

"예, 물론입니다."

대형 픽업트럭은 카마야 아이들이 물놀이를 하던 다리 앞에서 멈췄다. 다리 위를 걸어가던 윌리엄과 라이니스는 시끄러운 디젤엔진 소리에 놀라 가던 길을 멈추고 뒤돌아보았다.

"빨리 지나가!"

빅터는 아이들에게 좁은 다리를 어서 지나가라며 손짓을 했다. 아이들이 다리를 건너 길가로 피하자 픽업트럭은 다시 천천히 움직였다.

"같이 태우고 가죠? 자리도 있는데."

아시아인은 아프리카의 아이들에게 호의를 베풀고 싶었다.

"어? 너! 농장에서 본 애구나."

빅터는 창문을 열고 윌리엄을 향해 말했다. 윌리엄은 고개를 끄덕였다.

"이름이 뭐였지?"

"윌리엄!"

라이니스가 오빠 대신 대답했다. 아시아인은 차에서 내려 뒷좌석의 문을 연 다음 라이니스를 훌쩍 들어 자리에 앉혔다. 윌리엄도 아시아인의 도움으로 라이니스의 옆에 앉았다.

"학교 마치고 집에 가는 길이니?"

"예!"

아시아인의 물음에 대답을 한 라이니스는 뭔가 비밀리에 할 말이 있는지 윌리엄의 귀에 손을 갖다 댔다.

"나 저 아저씨 학교에서 봤어."

라이니스는 앞 좌석의 아시아인이 학교에 자전거를 가져온 사람이라는 것을 알았다.

"오빠도 봤지?"

"어. 봤어."

윌리엄도 라이니스의 귀에 대고 작은 소리로 말했다.

"무슨 비밀 얘기를 하고 있을까?"

아시아인은 뒤로 돌아 라이니스를 향해 미소를 지으며 물었다. 라이니스는 부끄러웠는지 윌리엄의 팔 뒤로 머리를 숨기며 웃었다.

"동생은 이름이 뭐야?"

"라이니스."

"라이니스?"

라이니스는 눈을 크게 뜨고 고개를 끄덕였다.

"농장에서 보셨죠?"

"예."

"할리가 침이 마르도록 칭찬을 하더라고요. 일도 열심히 하고."

"예, 그런데 학교는 어떻게 하고?"

"아! 그게, 공부도 하고 틈틈이 농장 일도 돕고 그렇습니다. 요즘은 여기 일할 청년들이 많이 없어서 윌리엄 정도 나이가 되면 공부를 포기하고 일을 하는 아이들이 종종 있습니다. 아, 뭐. 공부 잘하면 굳이 일하러 갈 필요가 없겠죠."

"예."

"다 제 역할이 있지 않겠습니까?"

아시아인은 자신이 살아온 곳과 달리 너무 어린아이들이 돈을 벌기 위해 일을 해야 하는 이곳의 현실이 안타까웠다. 하지만 본인이 관여해서 바꿀 수 없는 일이었고, 있는 그대로 이들의 삶을 존중하는 것이 옳은 자세라는 생각을 했다.

"그래도 커피 농장에서 일할 수 있다는 건 영광이죠."

아시아인의 심정을 눈치챈 빅터가 말했다.

"예전엔 굶어 죽는 사람도 많았습니다. 그나마 커피 농장이 생겨서 사는 게 정말 많이 나아졌어요."

아시아인은 고개를 끄덕였다. 그의 마음 한구석에는 카마야를 세계적인 커피 산지로 키워 이들의 삶이 커피와 함께 윤택해지는 신화를 써야겠다는 꿈이 샘솟았다.

"아! 해봐."

라이니스는 부끄러운 표정을 하며 입을 천천히 벌렸다. 아

시아인은 작은 통 속에 들어있는 뭔가를 꺼내어 라이니스의
입에 넣어주었다.

"오빠도 자!"

아시아인은 윌리엄의 손바닥에도 하나를 놓아 주었다. 아
이들이 어쩔 줄 몰라 머뭇거리자 아시아인은 자신의 입을 오
물거리며 씹는 시늉을 했다. 아이들은 그가 시킨 대로 천천
히 깨물었다. 딱딱하고 달달한 사탕 같은 것이 부서지고 말
랑말랑한 껌이 씹혔다. 조금 전 먹었던 커피 열매와는 비교
도 할 수 없을 만큼 달고 상큼하고 향긋했다. 입을 꾹 닫은
채 오물거리던 라이니스는 이내 하얀 이빨이 다 보이도록 입
을 크게 벌려서 씹었다.

"맛있어?"

"예!"

아이들이 쩝쩝거리며 껌을 씹는 모습을 흐뭇하게 바라보
던 아시아인은 윗주머니를 뒤적거리더니 꽂혀 있던 볼펜을
꺼냈다. 그는 낯선 땅에서 만난 아이들에게 무엇이든 신비로
운 물건을 보여주고 싶었다.

"자!"

"괜찮아. 받아."

"이렇게 누르면 나오고 한 번 더 누르면 들어가는 거야."

아시아인은 머뭇거리는 라이니스에게 볼펜을 사용하는
방법을 가르쳐 주었다. 라이니스는 '똑딱똑딱' 거리는 소리가
신기했는지 볼펜의 윗부분을 계속 눌러 보았다.

"공부 열심히 해라!"

룸미러로 아이들을 지켜보던 빅터가 말했다.

"공부 열심히 해야 너희들도 이분처럼 외국에도 다니고
훌륭한 사람이 되는 거야."

"근데 아저씨. 아저씨는 어디 살아요?"

아시아인의 호의에 거리감이 사라졌는지 라이니스가 물
었다.

"나?"

"예."

"음, 큰 강 앞에 있는 집."

아시아인은 자신이 묵고 있는 호텔을 떠올렸다.

"큰 강?"

"그럼! 강 건너 반대쪽에 있는 사람이 잘 보이지 않을 만
큼 큰 강이지."

"음, 그럼 거기가 강 끝이에요?"

"응, 뭐 그런 셈이지. 폭포가 있으니까."

"그럼 거기에 무지개가 있어요?"

"무지개?"

"예, 윌리엄 오빠가 그랬는데 강 끝에 가면 엄청나게 큰 무지개가 있다고 했어요."

"물론 있지. 커튼을 젖히면 매일 아침마다 큰 무지개가 보인단다."

"정말요? 무지개가 그렇게 커요?"

"그럼, 아저씨가 사는 집보다도 훨씬 크지."

"우와!"

"왜? 무지개 보고싶어?"

"예."

"아, 그랬구나. 아저씨가 다음에는 폭포에 있는 무지개 사진 꼭 찍어서 올게. 약속!"

라이니스는 아시아인이 내민 새끼손가락에 자신의 손가락을 걸었다. 무관심한 표정으로 차창 밖을 쳐다보고 있었지만 윌리엄은 둘이 나누는 무지개에 관한 이야기를 한마디도 놓치지 않고 들었다. 윌리엄은 외국인은 절대로 거짓말을 하지 않을 것이라 확신했다.

18

줄루는 긴 한숨을 내쉬며 다시 길 가 풀숲에 앉았다. 예전 같으면 5분 만에 도착했을 거리를 30분째 걷고 있었다. 근처에 사는 리비아가 커피 농장 일을 나가지 않았을 때는 둘이 말동무를 해가며 걸어서 그나마 덜 힘들었던 길이다. 줄루는 이제 걷는 것도 마음대로 하지 못하는 자신의 처지가 애처롭게 느껴졌다. 다리가 너무 아파 그만 돌아갈까 몇 번이나 생각했지만 언제 어떻게 죽든 카마야의 흙이 될 몸이니 아이들을 위해 계속 참고 걸었다.

"라일라! 라일라?"

"예, 할머니!"

작은 카사바밭을 가지고 있는 라일라가 줄루의 목소리를 알아듣고 집 밖으로 나왔다.

"오늘 일할 게 좀 있나 해서."

"어쩌죠? 며칠 전에 많이 캐서 오늘은 할 게 없는데. 다음 주나 되어야 일이 있을 것 같아요."

"아, 그래."

"어떡해요. 일부러 오셨는데."

"아니야, 어쩔 수 없지 뭐. 괜찮으니 쉬어요."

"미안해요. 할머니. 참, 저기 산 너머 하구마 목화밭에 요즘 일이 많다는데."

라일라는 할머니의 몸 상태를 떠올리며 하던 말을 멈췄다.

"응, 그래. 고마워요."

줄루는 하구마 목화밭이 있는 쪽을 한 번 쳐다보고는 집으로 발걸음을 돌렸다. 수확 철이면 하구마 목화밭에서 한 달 내내 일을 하곤 했는데 그때가 벌써 2~30년 전이다. 지금 몸으로 눈앞에 보이는 산을 넘어 목화밭까지 가려면 하루는 족히 걸릴 것 같았다.

76년.

영양실조로 혹은 온갖 질병으로 일찍 죽어간 가족과 이웃들을 생각하면 자신은 너무 오래 산 것 같았다. 이런 척박한 곳에서 지금까지 살아온 건 정말 대단한 일이지만 현실을 짓누르는 고통은 한 개인의 역사를 불행으로 덧칠하게 했다. 하루하루 망가져가는 자신의 몸에 대한 원망은 아들과 며느리, 이제 윌리엄에게까지 이어져 자상하게 웃는 모습을 보인 적이 언제였는지 기억나지도 않았다. 삶과 죽음이 자연의 한 부분일 뿐이라고들 하지만 무서운 밤을 보낼 두 아이를 바라보고 있으면 그렇게 쉽게 말을 해서는 안 된다는 생각이 들었다. 그녀가 선택할 수 있는 유일한 것은 안타깝게도 아무것도 선택하지 않는 것뿐이었다. 그녀는 카마야의 신이 원하는 대로 살 수밖에 없었다.

19

"오빠도 시험 잘 봐!"

학교에 도착한 라이니스는 굳은 결의를 하고 교실로 향했다. 라이니스가 교실로 들어가는 모습을 확인한 윌리엄은 쏜살같이 학교 밖으로 뛰어나갔다.

"모두들 시험공부 많이 했어요?"

"예!"

"첫 시간에는 영어 철자 시험을 치고, 2교시에는 수학시험을 치겠습니다. 자! 그럼 시작할까요?"

"예!"

아이들은 모두 1등을 할 자신이 있다는 듯 큰 소리로 대답했다. 8세 반 앨리스 선생님은 공부를 잘하든 못하든 씩씩하게 대답하는 아이들의 천진난만한 모습이 좋았다. 선생님은 다른 때보다 더 조심스럽고 반듯하게 아이들의 책상 위에 시험지를 놓아주었다.

조금 전만해도 자신감이 넘쳤는데 막상 시험지를 받아보니 심장이 쿵쾅쿵쾅 뛰었다. 라이니스는 며칠 전 아시아인이 준 볼펜을 꼭 쥐고 시험지에 자신의 이름을 또박또박 적었다.

20

냄비 위에 자루를 뒤집자 하얀 카사바 가루가 흘러나왔다. 생각보다 양이 적었는지 줄루 할머니는 자루 속을 한번 들여다본 다음 가루가 하나도 남지 않도록 털어냈다. 할머니는 물통에 든 물을 모두 냄비에 부은 후 카사바 가루를 손으로 주물렀다. 물이 부족했는지 마른 가루가 손에 가득 묻어났다. 덕지덕지 붙은 카사바를 대강 정리한 줄루 할머니는 윌리엄과 라이니스를 찾아 들판을 이리저리 둘러보았다.

"할머니!"

리비아가 어린 두 딸을 데리고 반가운 얼굴로 찾아왔다.

"아! 리비아! 일은 잘 다녀왔어?"

"예. 할머니는요?"

"라일라 농장에 갔었는데 일이 없네."

"그렇죠?"

리비아는 목화밭 이야기를 꺼내려다 줄루 할머니의 아픈 다리를 생각해서 그만두었다.

"이것 좀 가져왔어요."

"응? 뭔데?"

"요즘 농장 사람들이 마시는 건데 기운도 나고 좋아요. 아이들 아플 때도 잘 듣는다고 해서 만들어봤어요."

"아! 조금 전에 이상한 냄새가 난다 했더니."

"예, 맞아요."

"고마워 리비아."

리비아에게서 작은 그릇을 받아 든 할머니는 집 주변을 이리저리 둘러보았다.

"아휴 어쩌지? 꼬마들 왔는데 뭐라도 하나 줄 게 없네."

"아니에요, 할머니. 가서 저녁 먹으면 돼요. 저녁 준비하시는 것 같은데 저희는 이만 가 볼게요."

리비아와 아이들은 할머니께 인사를 하고 건너편에 보이는 자신들의 집으로 걸어갔다. 할머니는 리비아가 가져온 검은색 물을 한 모금 마셔보고는 한쪽에 잘 놓아두었다.

21

굼벵이가 구멍 속으로 계속 기어들어 가자 윌리엄은 썩은 고목나무를 날카로운 돌멩이로 더 열심히 파헤쳤다. 오빠가 굼벵이를 잡는 일에 집중하고 있는 동안 옆에 앉은 라이니스 는 커다란 나뭇잎 위에 굼벵이 두 마리를 올려놓고 이리저리 굴리며 놀고 있었다.

"윌리엄!"

"윌리엄!"

윌리엄은 줄루 할머니가 부르는 소리에 쏜살같이 달려왔 다. 오빠가 잡은 커다란 굼벵이 두 마리를 나뭇잎에 담아 뛰 어오던 라이니스는 가다 서기를 몇 번이나 반복했다. 굼벵이 가 자꾸 떨어져서 애를 먹었는데 저녁에 구워 먹을 녀석들이 라 살점이 터지지 않도록 조심해서 담았다.

"물 좀 떠 와라!"

할머니의 말이 끝나기가 무섭게 윌리엄은 하얀색 물통을 들고 웅덩이를 향해 뛰었다.

"윌리엄 오빠! 빨리 갔다 와."

"응!"

고소한 굼벵이 구이를 먹을 생각을 해서 그런지 물통이 달그락거리는 소리가 평소보다 더 크게 울려 퍼졌다.

웅덩이까지 가는 길 좌우로 펼쳐진 초원은 수분을 거의 잃은 듯 바짝 말라 있었고 황토 빛의 땅바닥에서는 흙먼지가 풀풀 날렸다. 드문드문 보이는 초록색 이파리를 가진 나무들은 이들과 대비되어 더욱 선명하게 시야에 들어왔다.

웅덩이에 거의 다다랐을 즈음 사람들이 웅성거리는 소리가 들렸다. 많은 사람이 같이 물을 길으러 올 때가 있긴 하지만 지금처럼 시끌벅적한 경우는 처음이었다. 빠른 걸음으로 웅덩이로 향하던 윌리엄은 천천히 속도를 줄이며 웅덩이에서 무슨 일이 일어나는지 살펴보았다.

윌리엄은 눈 앞에 펼쳐진 풍경을 보고 자신이 물을 길어 왔다는 것을 잊어버릴 정도로 깜짝 놀랐다. 라이니스보다 작은 아이들부터 마을의 여인들까지 물을 퍼 담는 이는 하나도 없었다. 그들은 그들의 끼니를 짓고, 목마름을 해결해 주던 웅덩이 한가운데에 들어가 흙탕물을 뒤집어쓴 채 미친 듯이 무언가를 찾고 있었다.

"윌리엄!"

"윌리엄!"

"야! 뭐해?"

윌리엄은 자신을 향해 소리친 이가 흙탕물을 뒤집어쓰고 있어서 누구인지 정확하게 알 수 없었다. 그의 손을 떠난 물체는 땅바닥에 몇 번 튄 후에 이리저리 펄떡거리고 있었다. 윌리엄은 그제야 사람들이 물이 마른 웅덩이에 들어가 맨손으로 물고기를 잡고 있다는 사실을 알았다. 웅덩이 주변에는 마른 진흙이 달라붙은 채 가쁜 숨을 몰아쉬며 꿈틀거리는 물고기들이 가득했다. 금을 그어 놓은 것은 아니지만 각자 자신이 잡은 물고기를 던져 놓는 곳이 따로 정해져 있는 듯 물고기들은 듬성듬성 모여 있었다.

윌리엄은 물통을 내려놓고 웅덩이로 뛰어 들어갔다. 무게를 재어보지 않아도, 장부에 기록하지 않아도, 눈치 볼 것 없이 잡기만 하면 자기의 것이 되는 물고기들이 웅덩이 안에 그득했다. 하지만 웅덩이 안은 그야말로 아수라장이었다. 흙탕물을 튀기며 첨벙첨벙 뛰어가는 사람들, 잡은 물고기를 서로 자기의 것이라고 우기며 싸우는 사람들, 진흙에 미끄러져 중심을 잡지 못하고 넘어지는 사람들, 펄떡거리는 물고기를

높이 쳐들고 환호성을 지르는 사람들이 뒤죽박죽 섞여 있었
다. 윌리엄은 카마야의 사람들이 이렇게 광적으로 몸부림치
며 일하는 모습을 지금껏 한 번도 본 적이 없었고, 그 무리에
들어가 치열하게 밀치고 싸워가며 물고기를 잡을 용기가 나
지 않았다.

무릎 높이 정도의 흙탕물을 헤치며 바삐 안쪽으로 걸어
들어가던 윌리엄은 사람들이 모여 있는 웅덩이 가운데까지
가지 못하고 멈춰 섰다. 키가 큰 커피나무에서 더 많은 커피
를 딸 수 있고, 오래되고 두꺼운 고목에 더 큰 애벌레가 산다
는 자연의 이치를 알고 있었지만 모든 사람이 원하는 곳에서
조금 비켜나도 자신이 가질 수 있는 몫이 있다는 것 또한 알
고 있었다.

윌리엄은 사람들이 거의 없는 웅덩이 바깥쪽에 서서 흙
탕물 속에 손을 집어넣었다. 질퍽질퍽 진흙이 만져지기도 하
고 웅덩이 안에서 자란 수초가 기분 나쁘게 손등을 스치기
만 할 뿐 다른 사람들처럼 바쁘게 물고기를 잡아내지 못했
다. 물고기가 웅덩이 한가운데에만 몰려 있어 이러다가 한
마리도 못 잡는 건 아닌가 하는 걱정이 들 즈음 고맙게도
주먹만 한 물고기 한 마리가 자신의 손바닥 안으로 자진해
서 들어왔다. 윌리엄은 두 손으로 물고기를 움켜쥐었다. 놀

란 물고기는 파닥파닥 몸을 흔들어 보았지만 단단히 맞잡은 윌리엄의 손바닥을 빠져나갈 수 없었다. 윌리엄은 두 손을 꼭 쥔 채 천천히 일어섰다. 마주 잡은 두 손밖으로 삐져나온 물고기의 꼬리가 팔랑팔랑 거리는 모습을 보며 윌리엄은 미소를 지었다.

'드디어 한 마리!'

기쁨도 잠시. 윌리엄은 마음이 바빴다. 한 마리를 잡았으니 이제 자신도 저들처럼 많은 물고기를 잡을 수 있을 것만 같았다. 기도하듯 두 손을 꽉 쥐고 엉금엉금 물 밖으로 걸어 나온 윌리엄은 다른 사람들이 물고기를 모아놓은 곳을 피해 자신이 잡아 온 물고기를 내려놓았다. 흙더미를 쌓아둔 것처럼 많은 물고기를 잡은 사람들에 비하면 초라하기 그지없지만 카사바로 만든 시마보다는 훨씬 나은 저녁 식사가 될 것이다.

물고기를 잡았던 곳으로 다시 뛰어 들어간 윌리엄은 급히 흙탕물 속에 두 손을 넣고 이리저리 휘저었다. 겨우 물고기 한 마리를 잡았을 뿐인데 이미 온몸은 누런 흙탕물에 흠뻑 젖어 있었다.

바쁘게 걸음을 옮겨가며 최대한 넓은 공간을 휘젓고 다녔지만 조금 전의 그 미끌미끌하고 도톰한 기분을 다시 느낄 수 없었다. 아무 소득이 없는 시간이 흐르는 동안 윌리엄은 다른 사람들이 물고기를 잡는 모습을 쳐다보는 횟수가 점점 늘어났다. 잔뜩 신경을 곤두세워 물고기를 찾으려 하면 어디선가 환호성이 들려왔고 저절로 고개가 그쪽으로 돌아갔다. 이러다 웅덩이 안의 물고기가 모두 사라져버리는 건 아닌지 윌리엄의 마음은 점점 급해졌다. 하지만 그런 와중에도 모닥불에 둘러앉아 껍질이 노릇노릇하게 잘 구워진 물고기의 하얀 살을 발라 먹는 라이니스의 모습이 떠올랐다. 입 주변에 검정이 묻은 라이니스의 얼굴을 바라보며 깔깔깔 웃는 할머니와 자신의 모습이 그려졌다. 너무도 대견했는지 할머니도 따뜻한 미소를 보이며 물고기를 잡아 온 자신을 칭찬해 주었다. 윌리엄은 이런 상상이 곧 현실이 될 것이라는 생각에 작은 웃음이 났다.

22

    마른 진흙 위로 파리가 앉았다. 손바닥을 비벼대며 이리저리 자리를 옮기던 파리는 진흙 틈 사이로 쩐 내가 배어 나오는 곳에 빨판을 갖다 댔다. 파리가 있는 힘껏 빨판을 빨아 당기자 바짝 마른 비늘 사이로 체액이 흘러나왔다. 가늘게 숨을 쉬고 있던 물고기는 파리가 하는 일을 처음부터 끝까지 지켜보고 있었지만 자신의 몸에서 일어나는 변화를 느끼지 못했다. 비릿하고 짭조름한 육즙으로 배를 채운 파리가 날아간 후 얼마 지나지 않아 물고기는 호흡을 멈췄다.

    물고기의 피부에 달라붙은 찰진 진흙이 완전히 마를 동안 윌리엄은 자신이 딱 한 번 물고기를 건져 올렸던 자리 주변만 계속 맴돌고 있을 뿐 웅덩이 밖으로 다시 나오지 못했다. 아무것도 손에 잡히지 않아 아쉬움이 커져갔지만 사람들이 물고기를 들어 올리는 곳 주변으로는 가지 못했다. 농장에서 할리 아저씨가 자신을 불러 일을 시키듯 누군가가 자기들 가까이 와서 물고기를 잡으라고 말하기 전까지는 갈 수 없을 것 같았다. 무심코 그들의 곁에 가서 물고기를 잡기라도 하면 시기와 견제와 질책만 윌리엄에게 가득 안겨줄 것 같았다. 윌리엄은 허리가 점점 아파왔다. 온몸은 흙탕물로 범벅이 되어 무척 찝찝했다. 발걸음을 내디딜 때마다 발바닥에 전해지던 진흙의 미끄러움은 더 이상 간지럽지도 재미있지도 않았다.

'어?'

진흙의 촉감과는 비교할 수 없을 만큼 부드러운 뭔가가 자신의 다리를 툭 건드렸다. 그냥 건드린 것이 아니라 제법 긴 시간 다리를 스쳤다. 그것이 지나간 자리를 천천히 한 손으로 더듬어 가던 윌리엄은 무언가에 깜짝 놀란 듯 급히 물속에서 손을 빼고 일어섰다. 엄청나게 크고 부드러운 뭔가가 손에 닿았기 때문이다. 웅덩이 안의 어느 누구도 자신에게 집중하지 않는다는 것을 확인한 윌리엄은 다시 물속으로 손을 집어넣었다.

그것은 그 자리에 그대로 있었다. 미끄럽고 부드러웠지만 탄력이 느껴졌다. 물고기가 분명했다. 하지만 윌리엄은 자신이 만지고 있는 부위가 어디인지 알 수 없었다. 깡마른 아프리카 어린이의 작은 손바닥이 우스웠는지 물고기는 살랑살랑 몸을 흔들 뿐 제 자리에 가만히 있었다.

윌리엄의 두 손은 물고기의 몸을 더듬으며 천천히 위로 향했다. 물고기를 반드시 잡아 보려는 심산이었다. 그런데 처음 손이 닿았던 곳에서 둥그런 형체가 느껴졌던 것과는 달리 위쪽으로 가면 갈수록 두 손이 맞닿지 않을 만큼 물고기는 큰 몸뚱이를 가지고 있었다. 윌리엄의 두 손이 아가미 가까이 닿아 있는데도 물고기는 천천히 몸을 흔들기만 할 뿐 아무렇지 않다는 듯 그 자리에 가만히 있었다.

물고기가 얼마나 컸던지 녀석의 호흡이 윌리엄의 두 손에 그대로 전해졌다. 윌리엄은 온몸에 소름이 돋았다. 이 물고기가 매일 아침 물을 길으러 나온 자신을 놀래 킨 바로 그 녀석이라는 생각이 들었기 때문이다. 녀석이 길고 큰 몸뚱이를 휘저을 때마다 웅덩이 끝까지 퍼져나갈 만큼 큰 물결이 일었던 것이다.

웅덩이 안의 사람들은 이 놀라운 순간을 아는지 모르는지 자신들의 손에 잡히고, 발에 밟히는 물고기들을 최대한 많이 잡아 마른 흙먼지가 풀풀 날리는 웅덩이 밖으로 던지는 데 혈안이 되어있었다. 어느 누구도 웅덩이에 살고 있던 녀석의 존재를 모르는 것이 분명했다.

윌리엄은 고개를 들어 사람들을 쳐다보았다. 녀석을 물 밖으로 끌어낼 때까지 제발 아무도 자신이 있는 곳을 쳐다보지 않기를 바랐다. 혹시 단 한 사람이라도 자신이 하려는 일을 알게 된다면 미친 듯이 달려올 것만 같았다. 저들 중 어느 누구도 이렇게 큰 물고기를 잡아내지 못했고, 무엇보다 모두 극도로 흥분되어 있었다.

윌리엄은 아주 천천히 녀석의 목덜미를 누르기 시작했다. 녀석이 빠른 속도로 자신의 손을 빠져나가 버린다면 저들 중 누군가의 소유가 될지도 모르기 때문에 최대한 조심스럽게 움직였다. 녀석을 웅덩이 밖으로 들어낼 방법을 찾는 데 집중해야 했지만 커다란 물고기를 보고 기절하듯 놀라는 라이니스와 줄루 할머니의 모습이 자꾸 떠올라 혼란스러웠다.

23

"할머니! 오빠 왜 안 와?"

"글쎄다."

"나 배고픈데."

"그냥 구워 먹어."

라이니스는 모닥불 옆에 나뭇잎을 펼쳐 놓고 굼벵이를 굴리며 앉아 있었다. 시간이 흐르는 동안 굼벵이는 점점 모닥불 가까이 가 있었고 이미 껍질은 반쯤 익은 듯 딱딱해 졌다. 줄루 할머니 옆에는 반죽하다 만 카사바 가루가 놓여 있었다.

"할머니!"

"응?"

"나 오늘 시험 잘 쳤어요."

"그래?"

"선생님이 중간시험 잘 친 사람한테 자전거 준대요."

"정말?"

"응, 그래서 열심히 했어요."

"착하네, 라이니스."

"난 오빠랑 자전거 타고 학교 가는 게 소원이에요."

"그래. 라이니스. 이제 그만 구워 먹어. 오빠는 시마 먹으면 되니까."

라이니스는 가늘고 긴 나뭇가지에 굼벵이를 끼워 모닥불 가까이 갖다 댔다. 죽은 듯 꿈쩍 않던 굼벵이는 뜨거운 열기에 놀라 크게 몇 번 몸을 비틀더니 금 새 짙은 갈색을 띠었다. 라이니스의 행동을 흐뭇하게 바라보던 할머니는 자리에서 일어나 근심스러운 표정으로 윌리엄이 물을 길으러 떠난 곳을 쳐다보았다.

24

자신을 짓누르는 압력을 느꼈는지 녀석은 몸을 크게 한 번 흔들었다. 녀석의 몸부림에 잠깐 손을 놓친 윌리엄은 재빨리 손을 옮겨 녀석의 목덜미를 다시 눌렀다. 일단 꼼짝달싹 못 하게 바닥에 잡아 두려고 했는데 녀석의 덩치가 워낙 커서 자신의 두 손으로 감당할 수 있을지 걱정이 되었다.

"야! 윌리엄!"

"윌리엄!"

"너 뭐해?"

두 손을 물속에 집어넣고 꼼짝도 하지 않고 있는 윌리엄을 향해 사무엘이 소리쳤다. 사무엘의 목소리에 옆에 있던 에드워드와 진흙 범벅이 되어 얼굴을 분간하기 힘든 친구 몇 명이 같이 일어서서 윌리엄을 쳐다보았다. 윌리엄은 자신을 부르는 소리를 분명히 들었지만 물고기가 달아날까 봐 어떤 반응도 할 수 없었다.

"저기서 뭐 하는 거지?"

"그러게. 저긴 물고기도 없을 텐데."

"야! 이리로 와. 윌리엄 너 거기서 뭐하냐?"

"진흙 캐고 있나 보다."

"하하하하!"

친구들은 윌리엄이 뭔가 특별한 일을 해낼 아이가 아니라는 듯 몇 마디 던지고는 다시 자신들이 하던 일에 집중했다.

녀석의 꿈틀거림이 점점 더 심해져서 윌리엄은 어떤 소리도 귀에 들어오지 않았다. 처음 녀석을 만졌을 때 느꼈던 부드러움은 온데간데없었다. 녀석은 정말 단단하고 힘이 넘치는 근육을 갖고 있었다. 게다가 제대로 잡을 수도 없을 만큼 피부는 미끄러웠다. 윌리엄은 급기야 무릎을 진흙탕에 꿇고 녀석의 목덜미를 더 세게 눌렀다. 흙탕물이 입 주변에 닿을 만큼 몸이 앞으로 숙여졌다.

"철퍼덕!"

녀석이 커다란 꼬리를 수면 위로 들어 크게 한번 휘저었다.

"메기다!"

다른 친구들과 달리 윌리엄의 행동을 의심스럽게 쳐다보던 사무엘이 큰소리로 외쳤다. 윌리엄을 비웃었던 친구들은 하던 일을 멈추고 다시 일어났다.

"메기?"

"저기! 엄청나게 큰 메기야!"

사무엘의 말을 들은 아이들은 일제히 윌리엄이 있는 곳을 향해 달렸다. 아이들이 첨벙첨벙 물을 튀기며 달려오는 소리에 놀랐는지 메기는 도저히 윌리엄이 누를 수 없을 만큼 몸을 크게 흔들며 앞으로 치고 나갔다. 메기가 자신의 손아귀에서 빠져나가려는 순간 윌리엄은 진흙탕 속으로 몸을 던져 메기를 두 팔로 끌어안았다. 어떤 방법도 생각할 겨를이 없었다. 전속력으로 달려온 배고픈 사자가 물소의 뒷다리를 낚아채듯 본능적인 움직임이었다. 윌리엄의 간절함 만큼 빠져나가려는 메기의 움직임 또한 필사적이었다. 메기는 온몸을 미친 듯이 흔들어댔고 아가미 양 끝에 달린 날카로운 가시를 있는 힘껏 들어 올렸다. 한 치 앞도 예측할 수 없는 급박한 순간이었지만 윌리엄은 메기의 배가 어릴 적 만졌던 할머니의 처진 젖가슴만큼이나 말랑거린다는 생각을 했다. 그리고 마치 라이니스를 껴안고 있다는 생각이 들 정도로 녀석이 엄청나게 크다는 것도 알 수 있었다.

아이들은 윌리엄이 있는 쪽으로 달려가는 동안 반쯤 물밖으로 나와 있는 윌리엄의 다리 사이로 크게 휘청거리는 메기의 넓은 꼬리를 보았다. 윌리엄의 상체는 달아나려는 메기를 어떻게든 붙들어보려는 듯 좌우로 꿈틀거렸다.

메기와의 사투로 윌리엄은 점점 숨이 차올랐다. 흙탕물 속에 머리를 집어넣고 있는 자신에게는 너무나 불리한 상황이었다. 이런 상태로 시간이 흘러가면 자신이 살기 위해서라도 메기를 놓아줘야 할 것 같았다. 숨을 계속 참다 보니 목구멍에서 이상한 소리가 들렸다. 물속에서 오래 참기 1등을 했다는 기억이 잠시 떠올랐지만 아무 도움이 되지 않았다. 메기는 더욱 강렬하게 몸을 흔들었고 친구들이 자신의 메기를 뺏기 위해 흙탕물을 사방으로 튀기며 달려오는 소리가 점점 더 크게 들리는 듯했다.

윌리엄은 입을 벌렸다. 그리고는 자신의 입에 닿아 있는 녀석의 피부를 힘껏 깨물었다. 서걱거리는 소리와 함께 윌리엄의 이가 녀석의 피부를 찢어내고 살점에 박혔다. 자신의 몸뚱이를 뚫고 들어온 날카로운 이물질에 놀란 메기의 날카로운 가시가 윌리엄의 팔을 스쳤다. 윌리엄은 깨물었던 부위를 다시 한번 깨물고는 턱을 아래로 끌어당겼다. 우두둑 소리를 내며 메기의 피부가 뜯기고 흙탕물 사이로 선홍색의 피가 흘러나왔다. 윌리엄이 자신의 이빨로 녀석의 머리뼈를 부서뜨릴 때까지 반복해서 살점을 뜯어내는 동안 오른손은 까끌까

끌한 녀석의 아가미 속을 후벼 파고 있었다. 녀석은 윌리엄의 팔을 물어뜯기라도 하려는 듯 커다란 입을 뻐끔거렸고 자신의 살점을 뜯어내고 있는 괴물을 떼어내 보려고 더욱 격하게 몸을 흔들어댔다. 그럴수록 윌리엄은 점점 더 악착같이 녀석을 붙들었다.

녀석이 기운을 잃은 듯 움직임이 약해지자 윌리엄은 녀석을 껴안은 채 미친 듯이 두 발을 찼다. 윌리엄과 녀석은 한 몸처럼 흙탕물에 미끄러져 물가를 향해 움직였고 마침내 윌리엄의 얼굴이 흙탕물 밖으로 나왔다. 윌리엄은 입안에 가득한 흙탕물과 메기의 살점을 뱉어냈다. 신선한 공기가 폐로 들어가자 목구멍 깊은 곳에서부터 격한 기침이 올라왔다. 몸이 거의 드러날 만큼 밖으로 나왔을 때 윌리엄은 자신의 품속에서 힘없이 뒤집혀 있는 메기의 하얀 배를 보았다. 메기는 아무런 움직임 없이 축 늘어져 있었다.

가슴이 저리고 코끝이 시큰해졌다. 울려고 한 것도 아닌데 두 눈에서 눈물이 줄줄 흘러나왔다. 처음 메기를 만졌을 때의 호기는 온데간데없이 사라지고 서러움만 가득 밀려왔다.

"야! 야~ 야아~."

윌리엄은 메기를 안고 목 놓아 울었다. 그동안 세상을 향해 내뱉지 못한 말들을 녀석에게 모두 쏟아내려는 듯 크게 울부짖었다. 웅덩이 안에 쩌렁쩌렁 울려퍼지는 윌리엄의 울음소리에도 메기는 아무 반응을 하지 않았다. 둘이 지나온 자리에는 시뻘건 핏물과 찢겨버린 붉은색 아가미 조각들이 둥둥 떠다니고 있었다. 아이들은 놀란 눈으로 모든 광경을 지켜보고 있었다. 욕심이 생길 만큼 커다란 메기가 떡 하니 누워있었지만 누구 하나 가까이 가지 못했다. 흙탕물과 핏물로 범벅이 된 채 미친 사람처럼 울부짖는 윌리엄이 자신들의 팔뚝을 물어버릴지도 모른다는 생각이 들었다.

한참을 울부짖던 윌리엄은 천천히 자리에서 일어났다. 그리고는 넋이 빠진 사람처럼 초점을 잃은 눈으로 메기를 쳐다보았다. 메기는 긴 수염을 몇 개나 달고 있었고 물속에서 느꼈던 것처럼 라이니스의 키만큼 길고 컸다. 머리 뒤쪽 살점이 뜯겨 나간 자리에서는 선홍색 피가 조금씩 흘러나왔다. 할머니, 라이니스와 함께 생전 처음 보는 커다란 물고기를 구워 먹는 행복한 그림은 더 이상 그려지지 않았다. 윌리엄은 아무 소리 없이 눈물만 흘렸다. 힘없이 누워있는 메기가 너무 불쌍하게 느껴졌다. 다시는 웅덩이에서 커다란 동심원을 볼 수 없으리라 생각하니 마음이 아팠다.

잠시 후, 윌리엄이 떠난 자리에서 아이들은 작대기로 메기를 찔러보기도 하고 발로 툭툭 건드려 보기도 했다. 꼬리를 잡아당겨 메기를 질질 끌고 가는 아이도 있었다. 하지만 메기는 아무 반응 없이 축 늘어져 있었다.

"야! 손대지 마."

에드워드가 아이들을 향해 경고하듯 말했다.

25

"오빠! 왜 이제 와? 나 오빠 기다리다가 굼벵이 다 먹어버
렸어."

저녁노을이 거의 사라지고 마을에 어둠이 내려앉을 즈음
윌리엄이 집으로 돌아왔다. 라이니스는 자신이 굼벵이를 다
먹은 것이 미안했는지 묻지도 않은 말을 했다.

"지금까지 뭘 하다가 왔어?"

모닥불 앞에서 윌리엄을 기다리던 줄루 할머니가 질책하
듯 물었다. 하지만 평소와 달리 윌리엄은 아무 대꾸도 하지
않고 물통을 원래 있던 자리에 놓아두고는 집 안으로 들어
갔다.

"물은?"

집 안으로 들어간 윌리엄을 향해 할머니가 물었지만 안에
서는 아무 말도 들리지 않았다. 줄루 할머니는 윌리엄의 그

런 모습을 처음 보았다. 온몸에 흙탕물을 뒤집어쓴 윌리엄에게 뭔가 좋지 않은 일이 있었을 것이라는 생각이 들어 더 이상 묻지 않았다. 윌리엄이 들고 온 물통을 살펴보던 줄루 할머니는 작은 물고기 한 마리를 꺼냈다.

"와! 물고기다. 오빠가 잡았어?"

홑이불을 뒤집어쓰고 누운 윌리엄은 라이니스의 밝은 목소리를 듣고도 아무 반응이 없었다. 가시에 긁힌 팔뚝의 상처가 아려왔다. 머리뼈에 몇 군데나 찔린 입술도 따끔거렸다. 집으로 돌아오는 길에 수없이 기침을 하고 침을 뱉었는데도 입안에서 흙이 씹혔다. 자신이 잡아 온 물고기가 모닥불에 올려진 듯 고소한 냄새가 진동했다. 배가 몹시 고팠지만 일어나서 밖으로 나갈 기운이 하나도 없었다.

"윌리엄!"

"윌리엄!"

"정신 차려. 윌리엄!"

은은한 달빛이 집안을 비추는 늦은 밤, 줄루 할머니는 낮에 리비아가 갖다 준 검은색 물을 한 손에 든 채 열이 펄펄 끓는 윌리엄을 이리저리 흔들고 있었다. 온몸이 축 처진 윌리엄은 하얀 눈동자를 드러낸 채 신음소리만 내고 있었다.

"할머니! 왜 그래?"

할머니의 목소리에 잠이 깬 라이니스가 눈을 비비며 물었다.

"라이니스! 이것 좀 들어봐."

할머니는 리비아가 준 그릇을 라이니스에게 건넨 후 두 손으로 윌리엄의 입을 벌렸다.

"이리 가져와. 오빠 입에 조금씩 부어봐."

라이니스는 그릇을 윌리엄의 입에 천천히 기울였다. 겨우 한 모금 들이킨 윌리엄은 크게 한번 기침을 하고 다시 신음 소리를 냈다. 할머니는 윌리엄을 반쯤 일으켜 세워 자신의 다리에 눕힌 후 입을 벌렸다.

"다시 해 봐."

라이니스는 천천히 그릇을 기울였다. 윌리엄이 물을 몇 번 잘 삼키자 할머니는 다시 윌리엄을 불러보았다.

"윌리엄!"

"윌리엄! 좀 괜찮아?"

윌리엄은 정신이 조금 돌아오는 듯 눈을 제대로 떠 보려고 했다.

"예, 할머니."

"응, 그래. 이것 좀 더 마셔봐."

윌리엄이 그릇의 물을 거의 다 마신 후에 할머니는 윌리엄을 반듯하게 눕혔다.

"어서 자. 푹 자고 나면 나을 거야. 어서 자."

할머니는 윌리엄의 이마를 몇 번 쓰다듬은 후 이불을 제대로 덮어 주었다.

"할머니 이거 뭐야?"

"응. 약이야. 오빠가 열이 많이 나서."

"할머니, 나도 배 아파요."

"정말?"

"응, 배가 너무 아파!"

라이니스는 울먹거리며 말했다. 할머니는 라이니스가 오빠가 마신 것을 자신도 먹어보고 싶어서 그러는 것이라 생각했다.

"진짜 아픈 사람만 먹어야 하는 약인데?"

"나 진짜 배 아파 할머니!"

라이니스가 계속 울먹이자 할머니는 라이니스의 입에 그릇을 갖다 댔다.

"아- 퉤! 퉤!"

라이니스는 온갖 인상을 찌푸리며 검은 물을 뱉어 냈다. 다시 누워서 잠을 청하는 동안에도 라이니스는 계속 배가 아프다며 울먹거렸다.

26

파란 하늘이 거의 보이지 않을 만큼 구름이 잔뜩 끼어 있었다. 여인들이 하나둘 농장 안으로 들어왔다. 라이니스를 학교에 데려다주고 곧장 농장으로 온 윌리엄은 창고 안에서 커피를 따는 바구니들을 들고 나왔다. 땅바닥에 바구니를 내려놓은 윌리엄은 손이 불편한 듯 오므렸다 폈다를 반복했다. 손톱 아래가 욱신거렸지만, 자신이 메기의 질긴 아가미 한쪽을 손가락으로 죄다 뜯어내어 버려서 아픈 것이라는 걸 생각하지 못했다. 손톱 아래뿐 아니라 상처가 난 팔뚝과 입술도 움직일 때마다 아렸다.

이상하게도 오늘은 전혀 긴장되지 않았다. 애써 열심히 일해야겠다는 열정도 느껴지지 않았다. 온몸에 기운이 없는 것이 분명했지만 마음은 그 어느 때보다 평온했다. 사람들이 곁을 스쳐 가도 전혀 눈치를 보지 않았고, 자신이 해야 할 일을 미리 챙기기 위해 신경을 곤두세우지도 않았다. 윌리엄은 어젯밤 할머니가 먹여 준 검은색 물을 떠올렸다. 한 그릇 가득 담긴 쓰디쓴 그 물을 벌컥벌컥 들이킨 다음 날, 자신은 전혀 다른 사람이 되어있는 것 같았다.

"리비아 누나!"

윌리엄은 바구니를 건네며 리비아를 불렀다.

"어? 윌리엄. 아, 안녕."

리비아는 자신의 이름을 먼저 불러준 윌리엄이 반가웠지만 당황한 기색이 역력했다.

"일찍 왔네?"

"예, 제일 먼저 왔어요."

"아! 아침은 먹었어? 시마 좀 줄까?"

"아뇨, 배 안 고파요."

"그, 그래."

윌리엄은 바구니를 건네받고 커피나무로 향하는 리비아 누나를 향해 웃었다. 리비아도 생전 처음 보는 윌리엄의 태도가 좋았는지 환한 미소로 응답했다.

농장의 여인들이 커피를 따기 위해 나무 사이로 하나둘 흩어졌다. 윌리엄도 바구니를 들고 자신의 키보다 큰 커피나무들을 헤치며 걷다가 빨간색 열매가 많이 달린 커피나무를 하나 찾아 커피를 따기 시작했다. 이파리들이 내뿜는 풋풋한 향기가 코를 자극했다. 열심히 커피를 따던 윌리엄은 초록색 광택이 나는 두꺼운 이파리 하나를 무심코 툭 따서 입안에 넣고 질경질경 씹었다. 짓이겨진 이파리에서 떫고 시큼한 즙이 흘러나왔다. 침 범벅이 된 녹색의 즙이 입가로 흘러내리자 윌리엄은 입안 가득한 그것을 목구멍으로 모두 넘기고 다른 이파리를 또 하나 땄다.

빨갛게 익은 커피가 평소보다 더 잘 보였다. 바구니 안에는 완전히 빨간 커피만 담겨 있었다. 윌리엄은 이럴 때 에드워드 형을 마주치면 참 좋겠다는 생각을 했다. 하지만 웬일인지 평소 같으면 몇 번이나 자신을 호출했을 에드워드 형은 나타나지 않았다. 아침에 축 늘어진 어깨를 하고 농장 어디론가 가는 것을 보았는데 그 이후로는 볼 수 없었다.

무심코 지나쳤던 나뭇가지 이곳저곳에 연두색의 작은 새 잎이 돋아나고 있었다. 윌리엄은 농장에서 커피를 따는 여인들의 모습을 유심히 보았다. 모두 각자의 일을 할 뿐 자신을 쳐다보거나 관심을 가지는 사람은 아무도 없었다. 단맛 하나 없는 이파리를 씹는 동안 윌리엄은 자신이 모든 이의 시선에서 자유로운 사람이라는 생각이 들었다. 그리고 이제야 커피나무가 내뿜는 향기를 맡을 수 있는 진정한 농부가 된 것 같았다. 어디에 필요한 일인지도 모르면서 할리 아저씨나 에 드워드 형이 시키는 것만 열심히 했던 윌리엄은 그동안 커피 농장에서 있었던 모든 일의 순서를 떠올릴 수 있었다.

에드워드는 똥꼬를 몇 번 문지른 커피 잎을 한 번 쳐다보 고는 자신의 배설물 위로 던졌다. 오전에 몇 번이나 설사를 한 에드워드는 식은땀을 뻘뻘 흘리고 있었다. 배를 만지며 어 기적어기적 그늘로 돌아온 에드워드는 나무 기둥에 등을 대 고 털썩 주저앉았다. 위로 보이는 나뭇가지가 빙빙 도는 것 같아 어지러웠다.

"우웩! 퉤! 퉤!"

"우~~웩!"

신물이 올라올 만큼 더 이상 속에 든 것이 없는데도 구역 질은 멈추지 않았다.

"많이 아파?"

절뚝거리며 다가온 할리가 에드워드의 목덜미와 등을 만 져주었다.

"우웩!"

에드워드는 다시 한번 구역질을 크게 하더니 자신의 토사 물 쪽으로 쓰러졌다.

"에드워드! 에드워드! 정신 차려!"

"윌리엄!"

"윌리엄!"

윌리엄은 자신을 급하게 부른 할리 아저씨를 찾아 뛰어갔다. 할리 아저씨는 기진맥진한 에드워드를 어떻게든 바르게 앉혀보려 애를 쓰고 있었다.

"윌리엄! 에드워드 좀 바로 잡아봐."

윌리엄은 에드워드의 팔을 잡고 몸을 바르게 세웠다. 불쾌한 냄새가 진동했다. 에드워드는 눈을 반쯤 감은 채 낮은 신음 소리를 내고 있었다. 입 주위에는 토사물이 덕지덕지 붙어 있었다.

"도대체 왜 이러지? 에드워드! 에드워드! 정신 차려봐."

윌리엄은 지난밤 라이니스의 모습이 어렴풋이 생각났다.

"물고기 때문이에요."

"물고기?"

할리 아저씨는 영문을 모르겠다는 듯 되물었다. 물고기 때문이라는 윌리엄의 말을 들은 에드워드는 잠시 눈을 떠서 윌리엄을 쳐다보고는 다시 힘없이 눈을 감았다. 오늘 아침 라이니스는 아무렇지 않게 학교에 갔는데 에드워드는 단단히 배탈이 난 듯했다.

"안 되겠다. 에드워드 좀 일으켜봐."

"내가 업을게요."

"할 수 있겠어?"

"예."

할리는 놀란 얼굴로 윌리엄의 얼굴을 잠시 쳐다보더니 에드워드를 부축해서 윌리엄의 등에 업혔다. 윌리엄은 할리 아저씨의 손을 잡고 천천히 일어나서 트럭을 향해 걸었다. 에드워드 형은 생각보다 무겁지 않았다.

27

앨리스 선생님은 손에 든 파일을 교탁 위에 펼쳤다.

"여러분! 오늘 중간시험 결과가 나왔습니다."

"……."

"지난번 약속한 대로 성적이 좋은 학생에게 자전거를 상으로 주겠습니다. 우리 8세 반에는 2명이 자전거를 받게 되었어요."

"와!!!"

아이들은 모두 수상자가 된 듯 환호성을 지르며 박수를 쳤다. 11세 반에서도 자전거에 대한 이야기가 있었는지 격한 환호성이 들렸다.

"자, 그럼 먼저 2등을 발표하겠습니다. 이번 중간시험에서 2등을 한 학생은, 바이올렛!"

"와!!!"

"바이올렛 축하해!"

"축하해! 바이올렛!"

친구들의 축하에 바이올렛은 두 손으로 얼굴을 감싸며 부끄러워했다.

"바이올렛? 오늘 수업 마치고 교무실로 오도록 해요."

"예."

"자, 이제 1등을 발표하겠습니다."

아이들을 둘러보던 앨리스 선생님은 라이니스와 눈을 맞추었다. 반 친구들도 모두 라이니스를 쳐다보고 있었다.

"모두 예상하고 있겠지만, 이번 중간시험 1등은 라이니스!"

"와!!! 와!!!"

아이들은 더 큰 소리로 환호성을 지르고 박수를 쳤다.

"다음번엔 다른 친구들도 열심히 공부해서 좋은 성적을 거두도록 해요."

"예!"

"라이니스?"

"예."

"라이니스도 수업 마치고 집에 가기 전에 교무실로 오세요."

"예."

아직 커피를 따고 있는 몇몇을 제외하고 여인들은 대부분 트럭을 기다리고 있었다. 농장 일을 마치고 집으로 가야 할 시간이 지났기 때문에 걱정스런 표정들이었다. 하늘은 이들의 마음을 대변하듯 짙은 회색 구름으로 뒤덮여 있었다. 평소 같으면 자신을 부를 때까지 열심히 커피를 따고 있었을 윌리엄은 트럭을 세워두는 농장 한 켠 공터에 앉아서 할리 아저씨를 기다리고 있었다.

잠시 후 크게 경적소리를 울리며 트럭이 나타났다. 여인들은 자신이 딴 커피 바구니를 서둘러 챙겨서 줄을 섰다.

"미안합니다. 많이 늦었죠?"

에드워드는 차 안에 없었다. 차에서 내린 할리는 어쩔 줄을 몰라 안절부절못했다. 안 그래도 어설픈 발걸음이 더 어색해 보였다.

"윌리엄!"

"윌리엄!"

윌리엄은 할리가 시키는 대로 저울을 준비했다. 그리고 에드워드 형이 했던 것처럼 무게를 잰 커피를 트럭에 실었다. 에드워드가 농장에 보이지 않아도, 에드워드가 하던 일을 윌리엄이 하고 있어도, 이상하게 생각하는 사람은 아무도 없었다. 윌리엄 또한 한 번도 해본 적이 없는 에드워드의 일을 늘

하던 것처럼 익숙하게 하고 있을 뿐 에드워드의 상태에 대해 아무런 생각도 하지 못했다.

"오늘은 커피가 많구나."

할리는 평소보다 많이 실린 트럭 위의 커피 자루를 보며 노트를 접었다.

"내 커피는 아직 안 했어요."

윌리엄의 말에 조금 머뭇거리던 할리는 윌리엄의 커피 무게를 늘 적어 온 것처럼 노트를 펼쳤다.

"아, 내가 깜빡했네. 어서 가져와."

윌리엄은 자신의 커피 자루를 들고 와서 저울 위에 올려 놓았다.

"어디 보자. 윌리엄이……."

할리는 윌리엄의 이름이 있었던 것처럼 노트를 이리저리 뒤적거리다가 빈 곳에 윌리엄의 이름을 썼다.

"윌리엄! 그런데 말이야. 오늘 아저씨랑 빅토리아에 같이 가지 않을래?"

"예?"

"그게, 에드워드가 너무 아파서 며칠간 일을 못 할 것 같거든. 윌리엄도 이제 에드워드 형처럼 빅토리아에 가 봐야지. 보자, 와! 오늘 많이 땄네?"

할리는 곁눈질로 윌리엄을 살피며 노트에 6kg을 적었다.

"윌리엄! 창고에 저울 갖다 놓고 와라."

윌리엄은 저울을 번쩍 들고 창고로 뛰어갔다.

28

"가지고 갈 수 있겠지?"

"예! 오빠랑 같이 가면 돼요."

"그래? 그럼 선생님이 운동장까지 갖다 줄게."

앨리스 선생님은 그리 크지 않은 어린이용 자전거를 끌고 운동장으로 나왔다. 라이니스는 자전거를 끌고 가는 앨리스 선생님 뒤를 따라 걸었다.

"이걸 이렇게 하면 되는 거야."

앨리스 선생님은 발로 스탠드를 건드려서 자전거를 세우고 움직이는 방법을 라이니스에게 가르쳐 주었다. 앨리스 선생님이 교무실로 들어간 후에 라이니스는 운동장을 둘러보았다. 오빠는 아직 수업을 마치지 않은 것 같았다. 플레이 펌프 주변에는 아무도 없었다.

자전거 옆에 쪼그리고 앉아 있던 라이니스는 자전거 손잡이를 잡고 선생님이 가르쳐 준 대로 스탠드에 발을 갖다 댔다. 스탠드가 쉽게 움직이지 않자 라이니스는 다시 힘을 주어 스탠드를 찼다. 스탠드는 철커덕 소리를 내며 뒤쪽으로 올라갔다. 앞으로 몇 걸음을 걸어가자 바퀴가 빙글빙글 돌며 자전거가 움직였다. 라이니스는 플레이 펌프 근처에 자전거를 세워놓고 오빠가 올 때까지 기다릴 생각이었다. 아마도 오빠는 교실에서 나오자마자 플레이 펌프로 달려와서 깜짝 놀란 표정을 지을 것이다.

자전거를 끌고 가기는 의외로 쉬웠다. 손잡이를 잡고 천천히 걸어가면 자전거는 바퀴에서 '띠리리릭' 하는 신기한 쇠소리를 내며 같이 움직였다. 사무엘 오빠처럼 다리 앞 내리막 길을 씽씽 달릴 생각을 하니 기분이 너무 좋았다.

"어? 어?"

운동장을 가로질러 반쯤 왔을 때 자전거의 손잡이가 몸에서부터 점점 멀어졌다. 라이니스는 어떻게든 자전거를 바르게 세워 보려 했지만 반대쪽으로 쏠려버린 자전거를 더 이상 지탱하지 못하고 손을 놓아버렸다.

"아, 아!"

자전거 페달이 라이니스의 종아리를 스쳤다. 넘어진 자전거의 두 바퀴는 '띠리리릭' 소리를 내며 저 혼자 천천히 돌아가고 있었다. 자전거를 일으켜 보려 했지만 마음대로 되지 않았는지 라이니스는 몇 번이나 손잡이를 들고 놓기를 반복했다. 한참을 자전거 주변에서 서성거리던 라이니스는 반대편으로 가서야 자전거를 들어서 세울 수 있었다. 라이니스는 자전거가 넘어지지 않도록 두 손으로 균형을 잡은 채 자전거의 뒤쪽을 지나 원래 자리로 겨우 돌아왔다. 라이니스는 자전거가 또 반대쪽으로 넘어질까 봐 몸 가까이 붙여서 조심스럽게 걸었다.

라이니스는 플레이 펌프 옆에 자전거를 세워놓고 벤치에 앉았다. 넘어진 자전거를 세우느라 애를 쓴 탓에 이마에는 땀방울이 송송 맺혀 있었다. 페달에 스친 종아리가 조금 발갛게 달아올랐지만 멋진 자전거가 생겨서인지 그리 아프지 않았다. 두말할 것도 없이 자전거는 지금까지 자신이 가져본 최고의 물건이었다. 기뻐하는 줄루 할머니와 윌리엄 오빠의 얼굴이 떠올랐다. 라이니스는 자전거를 누가 훔쳐 갈지도 모르니 반드시 집안에 세워놓아야겠다고 생각했다.

29

"갈 거지?"

할리는 저울을 창고에 갖다 놓고 돌아온 윌리엄에게 다시 물었다. 윌리엄은 긍정도 부정도 하지 않고 할리 아저씨의 두 눈을 쳐다보았다.

"아참! 동생이 있지?"

윌리엄은 고개를 한 번 끄덕였다.

"그거라면 걱정하지 마. 나중에 가면서 태워 가면 되니까."

윌리엄은 밝은 미소를 지으며 고개를 끄덕였다. 라이니스를 애꾸눈 위에 태울 생각을 하니 날아갈 듯 기뻤다. 커피 자루에 드러누워 카마야를 달리는 둘의 모습이 벌써 눈에 선했다.

사실 윌리엄은 트럭에 에드워드 형이 타고 있지 않은 것을 본 순간부터 할리 아저씨가 자신에게 물어보리라는 것을 알

앉다. 여인들의 커피를 저울에 올려놓는 동안 윌리엄은 할리 아저씨가 자신에게 물어봐 주기를 기다리고 있었다.

마음의 준비 따위는 필요 없었다. 무지개 마을에 갈 수 있는 기회는 절대로 놓쳐서는 안 되는 것이었다. 그것이 바로 에드워드 형에게 구박을 받아가며 농장에서 일해 온 이유이기 때문이다. 내일 에드워드 형이 멀쩡하게 다시 농장에 나와 일을 한다면 할리 아저씨는 윌리엄이 딴 커피를 또 아무 자루에나 부어버릴 것이다. 그걸 모를 윌리엄이 아니었다.

사실 무지개 마을에 가야겠다는 다짐은 일생에 단 한 번 올지도 모를 행운을 기다리는 것처럼 막연한 생각이었다. 자신이 할 수 있는 것은 오로지 할리 아저씨와 에드워드 형이 시키는 일을 열심히 하는 것뿐 그다음 펼쳐질 일은 기약할 수 없는 것이었다. 가슴 가득 충만한 기쁨과 설렘은 괴롭고 힘들었던 윌리엄의 예전 기억을 모두 지워버렸다.

윌리엄은 짐칸에 올랐다. 비록 에드워드 형처럼 단번에 멋진 동작으로 뛰어오르지는 못했지만 마음은 훨씬 더 높이 날아올랐다.

"야! 멋진데?"

할리는 커피 자루에 폼 나게 걸터앉아 있는 윌리엄을 향해 엄지손가락을 들어 올린 후 운전석으로 향했다.

"부르릉!"

엔진의 진동이 온몸에 전해졌다. 트럭은 커피 자루를 좌우로 흔들며 천천히 움직였다. 윌리엄은 양손으로 커피 자루를 지탱하며 생전 처음 경험해 보는 리듬에 온몸을 맡겼다.

"어! 어!"

트럭이 크게 흔들릴 때마다 자신도 모르게 입안에서 흥겨운 소리가 저절로 흘러나왔다. 트럭에 오르기만 해도 이렇게 즐거운 것을, 무지개 마을로 향하는 윌리엄의 열린 입이 다물어지지 않았다.

트럭이 울퉁불퉁한 농장을 빠져나와 비포장도로를 본격적으로 달리기 시작할 즈음 윌리엄은 하늘을 올려다보았다. 윌리엄의 콧잔등에는 작은 물방울이 하나 내려앉아 있었다.

라이니스는 얼굴을 적시는 빗방울에 눈을 떴다. 밤새 배가 아파 뒤척인 탓인지 자전거를 곁에 두고 잠시 잠이 들었던 것 같았다. 떨어지는 빗방울에 피어오른 흙냄새가 콧속으로 밀려 들어왔다. 아무도 없는 학교 운동장에는 우두두둑 빗방울 떨어지는 소리만 가득했다. 라이니스는 좀 더 큰 나무 아래로 자전거를 옮겨 세워놓고 비를 피했다. 하늘이 잔뜩 흐려있어 시간이 얼마나 됐는지 알 수 없었다. 먼 곳에서 들려오는 천둥소리에 라이니스의 표정이 어두워졌다.

"이런!"

할리는 와이퍼를 켰다. 농장을 빠져나온 지 얼마 되지 않아 굵은 빗줄기가 쏟아졌다. 본격적인 우기가 시작된다는 것을 알리려는 듯 시커먼 구름이 계속 밀려들었다. 빗줄기가 점점 굵어지는데도 윌리엄은 흔들리는 트럭에 몸을 맡긴 채 여전히 흥겹게 비틀거렸다. 쏟아지는 빗줄기가 농장에서 일하는 동안 뜨겁게 달아오른 몸을 시원하게 적셔주는 것 같아 오히려 기분이 상쾌하고 좋았다. 비는 얼마든지 맞아도 좋으니 카마야 아이들이 트럭에 탄 자신의 모습을 보게 되기를 간절히 바랐다. 자신이 에드워드 형을 보며 그랬던 것처럼 아이들도 부러운 눈으로 자신을 쳐다보게 될 것이다. 땅바닥을 두드리는 빗소리가 트럭을 따라 달려오는 아이들의 함성처럼 들렸다.

"윌리엄!"

"윌리엄!"

오늘은 하루 종일 기분 좋은 일만 가득하다는 생각을 하고 있을 때 갑자기 트럭이 멈춰 섰다. 할리는 운전석에서 윌리엄을 큰 소리로 부르고 있었다. 윌리엄은 짐칸 밖으로 고개를 내밀었다. 할리는 짐칸에서 빨리 내려오라며 손짓을 하고 있었다. 윌리엄은 짐칸에서 내려 할리에게 달려갔다. 할리는 자신에게 오면 어떡하느냐는 듯 엄지손가락으로 조수석을 가리켰다.

"비 많이 오지?"

윌리엄의 몸을 타고 내린 빗물은 조수석 바닥을 흥건하게 적셨다.

"큰일이네. 이거."

바쁘게 움직이는 와이퍼로도 부족했는지 할리는 고개를 앞으로 쭉 빼고 전방을 살피며 천천히 트럭을 몰았다. 빗줄기는 더 강해졌고 흙먼지가 흥건하던 도로 여기저기에 물길이 생기기 시작했다. 빗물에 젖은 커피 자루 때문에 뒤가 무거워진 트럭의 앞바퀴는 가끔 힘없이 휘청거렸다. 윌리엄은 할리 아저씨가 혼자서 궁시렁대는 말을 귀담아듣지 않았다. 비가 쏟아지고 트럭의 속도는 느려졌지만 어쨌든 자신은 계속해서 무지개마을을 향해 가고 있었다.

손잡이와 안장을 타고 흐른 빗물이 땅바닥으로 줄줄 흘렀다. 운동장 어디에도 빗물이 스며들지 않은 곳이 없었다. 비를 피해 커다란 나무에 바짝 붙어 쪼그리고 앉아 있는 라이니스의 온몸도 흥건하게 젖어 있었다. 나뭇잎들은 라이니스의 불안함을 덜어줄 우산이 되지 못했다. 천둥소리는 더 크게 들렸고 주위는 점점 어두워졌다.

"기이이잉~"

"기이잉~"

비만 아니라면 우당탕탕 신나게 달렸을 비포장도로에서 트럭은 잠시도 앞으로 나아가지 못한 채 굉음을 내뱉고 있었다. 빗물에 팬 도로 위의 작은 웅덩이 안에서 트럭의 뒷바퀴가 계속 헛돌고 있었다. 전진, 후진 기어를 바꿔가며 엑셀을 몇 번 밟아보던 할리는 차에서 내려 트럭 뒤쪽으로 바삐 걸어갔다.

"윌리엄!"

"윌리엄!"

반쯤 잠긴 뒷바퀴에 한 손을 얹고 걱정스런 표정을 하고 있던 할리는 좌우를 두리번거리더니 주먹만 한 돌을 하나 집어 들었다.

"윌리엄! 이런 돌 좀 주워와."

시끄러운 빗소리에 섞여 말이 정확하게 들리지 않았지만 윌리엄은 할리 아저씨의 손에 쥔 돌멩이를 보고 알았다는

듯 고개를 끄덕였다. 윌리엄은 흙탕물로 뒤덮인 도로 이곳저
곳을 옮겨 다니다 돌멩이를 하나 주워서 할리 아저씨에게 달
려갔다.

"더! 더 가져와!"

할리는 윌리엄에게서 받은 돌멩이를 바퀴 아래에 밀어 넣
었다. 그리고는 아직 터무니없이 부족한 돌멩이를 찾기 위해
자신도 일어났다. 웅덩이에 어느 정도 돌멩이가 채워진 후 할
리는 운전석에 앉아 액셀을 밟았다. 바퀴는 잠시 힘을 받아
웅덩이를 빠져나오는 것 같더니 이내 다시 헛돌기 시작했다.

"윌리엄! 더 주워 와야 되겠다."

돌멩이를 채우고, 액셀을 밟고, 다시 돌멩이를 채우는 동
안 도로에는 점점 짙은 어둠이 내려앉고 있었다. 할리는 액셀
을 세게 밟았다. 하지만 트럭은 앞으로 나아가지 못했다. 차
에서 내린 할리는 한숨을 푹푹 쉬며 뒷바퀴만 쳐다보고 있
었다. 비는 그칠 생각이 없는 듯 계속 쏟아지고 있었다.

"윌리엄! 저기 자루 좀 가져와 봐."

할리는 윌리엄에게 짐칸에 실린 커피 자루를 가져오라고
했다. 할리는 윌리엄이 가져온 커피 자루를 바퀴 앞쪽에 꽉
끼도록 쑤셔 넣었다.

"하나 더 가져와 봐."

할리는 두 번째 자루를 바퀴 뒤쪽에 쑤셔 넣은 후 운전석에 앉았다.

"기이이잉~ 기이잉~"

"윌리엄! 뒤에서 좀 밀어 봐!"

"기이이잉~ 기이잉~ 기이잉~"

한두 번 헛돌던 바퀴는 커피 자루에 단단히 밀착된 후 힘을 제대로 받았는지 천천히 움직이기 시작했다. 하지만 바퀴에 눌린 자루는 트럭의 무게를 버티지 못해 옆구리가 터져버렸다. 찢어진 자루 사이로 빨간색 커피가 사방으로 쏟아져 나왔고 그 순간 트럭은 웅덩이를 겨우 빠져나왔다.

"윌리엄!"

"윌리엄!"

"윌리엄! 뭐해? 어서 타!"

윌리엄은 길바닥에 널린 빨간 커피 열매를 몇 번이나 돌아보며 차에 올랐다. 할리는 헤드라이트를 켰다. 하나 남은 헤드라이트가 희미하게 도로를 비추자 트럭은 다시 천천히 앞으로 움직였다.

할리가 걱정스러운 듯 중얼거리며 운전을 하는 동안 윌리엄은 어제 메기에게서 뜯겨 나온 시뻘건 핏물과 아가미 조각들을 생각하고 있었다. 하루 종일 잊고 있었던 기괴하고 무서운 기억이 조금 전 흙탕물 이곳저곳 흩어진 빨간색 커피 열매를 보는 순간 되살아났다. 미끄럽고 탄력 있는 피부, 말랑말랑한 아랫배의 감촉이 손바닥을 간질이고, 자신을 힘껏 떨쳐내려던 메기의 강한 몸부림이 가슴을 두드리는 것 같았다. 아가미에 찔린 팔뚝과 입술이 아려왔다. 입안을 가득 채운 물컹한 살점과 비릿하고 텁텁한 흙탕물 냄새가 다시 콧속으로 차오르는 것 같아 불쾌했다. 윌리엄은 한기를 느끼는 듯 온몸을 벌벌 떨었다. 가끔 번쩍번쩍 빛나는 섬광이 길을 환하게 비추었다. 천둥소리는 고막을 찢을 듯 크게 울렸다.

30

라이니스는 비에 젖은 손잡이를 꽉 쥐고 스탠드를 발로 찼다. 오빠가 학교에 없는 것이 분명했다. 어디로 갔는지 언제 나타날지도 알 수 없었다. 어두워진 운동장에서 어떻게든 오빠를 기다려 보려 했지만 귀를 찢을 듯 울려대는 천둥소리와 번쩍거리는 섬광이 무서워 도저히 버틸 수가 없었다. 교문을 나온 라이니스는 아무리 비를 많이 맞아도 좋으니 제발 어둠이 완전히 내리기 전에 집에 도착하기만을 간절히 바라며 빠르게 걸었다.

귀를 간지럽히던 맑은 체인 소리는 장대 같은 빗소리에 묻혀 하나도 들리지 않았다. 매일 다녔던 익숙한 길이라 자전거만 아니라면 더 빨리 뛰어서 집에 갈 수 있을 것 같았지만 라이니스는 손잡이를 놓을 수 없었다.

몇 번이나 넘어진 자전거를 일으켜 세워가며 카마야의 다리 앞에 이르렀을 때 이미 어둠은 길과 길이 아닌 곳을 분간할 수 없을 만큼 자욱하게 내려앉아 있었다. 라이니스는 자전거를 끌고 천천히 다리 위로 올라갔다. 냇물은 엄청난 소리를 내며 다리 아래를 흐르고 있었다.

할리는 바퀴가 또 웅덩이에 빠지지나 않을까 조심하며 트럭을 몰았다. 쏟아지는 빗줄기에 어둠까지 더해져 한 치 앞도 분간하기 힘들었다. 하나만 남은 헤드라이트로는 충분한 시야를 확보하기 힘들었다. 그나마 다행스러운 일은 간간이 치는 번개 덕분에 잠시나마 대낮처럼 환한 도로를 볼 수 있다는 것이었다.

카마야 학교 인근까지 도착한 할리는 크게 숨을 한번 내쉬었다. 이제부터는 도로가 훨씬 넓고 평편하기 때문에 조금 안심이 되었다. 한숨을 돌린 할리는 다시 집중하여 차를 몰았다. 몇 년을 다녔던 길이라 작은 바위나 특이한 모양의 나무 위치까지 다 알만큼 익숙한 도로여서 지금처럼 가끔 번개만 쳐 준다면 무리 없이 갈 수 있을 것 같았다.

'아 참!'

무심코 학교를 지나치려던 할리는 윌리엄의 동생을 태워 가기로 약속한 것이 생각나서 급하게 트럭을 멈췄다. 트럭은 학교 쪽으로 방향을 틀어 운동장 안으로 들어갔다. 트럭이 어둠이 자욱한 운동장을 천천히 두어 바퀴 도는 동안 할리는 목을 길게 빼고 동생을 찾았다. 하지만 학교 건물 어디에도 불이 켜진 곳은 없었고 단 한 명의 사람도 보이지 않았다. 할리는 곤히 잠든 윌리엄을 깨울까 하다가 그냥 교문을 나섰다. 이런 짓궂은 날씨에 학교에서 아이들의 귀가를 챙기지 않았을 리 없다는 생각이 들었기 때문이다. 근처에 사는 친구들이나 선생님이 분명히 동생을 집에까지 데려다주었을 것이라 확신했다.

천장을 두드리는 세찬 빗소리가 차 안에 가득했다. 어떻게든 빨리 빅토리아에 가야 한다는 생각뿐이어서 짐칸에 실린 커피 자루가 어떤 상태인지 확인할 여유가 없었다. 카마야 다리 근처에 다다른 할리는 속도를 조금 더 올려 빠르게 다리를 통과하려고 했다. 트럭이 다리로 올라설 즈음 근처에서 번개가 쳤다. 순간 할리는 다리를 쓸어버릴 듯 엄청나게 불어난 냇물을 보았다. 성난 흙탕물이 크고 작은 물결을 만들며 난간이 없는 다리 아래를 빠르게 흘러가고 있었다.

"철커덕!"

으스스한 기분을 느끼며 냇물을 바라보던 할리는 다리 중간에서 급하게 차를 세웠다. 트럭 오른쪽에 작은 충격이 느껴졌기 때문이다. 트럭에서 내린 할리는 비좁은 다리를 조심스럽게 걸어 오른쪽으로 돌아가 보았다. 거센 빗줄기만 계속해서 쏟아지고 있을 뿐 아무것도 보이지 않았다. 엄청난 굉음을 내며 흘러가는 물소리에 주눅이 든 할리는 얼른 차 안으로 들어왔다.

다리를 지나 다시 속도를 올리기 위해 액셀을 밟던 할리는 이상한 기분이 들었다. 가만히 생각해 보니 조금 전 번개가 쳤을 때 빠르게 흐르는 냇물과 함께 다리 위에 있는 무언가를 본 것 같았기 때문이었다. 잠시 고개를 갸우뚱하던 할리는 이내 핸들을 바로 잡고 운전에 집중했다. 사람이든 동물이든 비가 이렇게 세차게 오는 밤에 다리 위에 서 있을 리가 없었다. 더군다나 직접 차에서 내려 확인을 했기 때문에 자신이 잘못 본 것이라 생각했다.

31

"윌리엄!"

"윌리엄!"

트럭이 무쿠니 마을 근처에 도착했을 때 할리는 윌리엄을 깨웠다. 지금 상태로는 도저히 빅토리아에 갈 수 없을 것 같았다. 윌리엄은 트럭이 웅덩이를 빠져나온 후부터 깊은 잠에 빠져 있었다.

"윌리엄! 일어나!"

할리의 목소리에 잠을 깬 윌리엄은 추위를 느꼈는지 팔짱을 낀 채 어깨를 잔뜩 웅크렸다.

"안 되겠다. 마을에 내려 줄 테니까 오늘은 그냥 집에 들어가. 비가 너무 많이 와서 빅토리아에는 도저히 못 갈 것 같아."

아직 잠이 덜 깬 윌리엄은 아무 생각 없이 고개를 끄덕였다.

"저기 앞에 내려 주면 되겠지?"

할리는 무쿠니 마을 입구에 트럭을 세웠다.

"내일 날씨가 좋으면 빅토리아 갈 거니까 농장에서 보자. 알았지? 어서 뛰어가."

트럭에서 내린 윌리엄은 잠이 덜 깬 듯 집으로 가는 방향을 찾지 못해 잠시 멍하니 서 있었다. 빗줄기는 멈추지 않았고 먼 하늘에는 섬광이 계속 번쩍거렸다.

"어디 갔다 오는 거니?"

비에 흠뻑 젖어 집으로 뛰어 들어온 윌리엄을 향해 줄루 할머니가 소리쳤다. 희미한 모닥불에 비친 할머니의 머리카락은 비를 많이 맞은 듯 산발이 되어 늘어져 있었다.

"라이니스는?"

윌리엄은 아무 대답도 하지 못하고 할머니만 뚫어지게 쳐다보았다. 천장 여기저기서 물방울이 뚝뚝 떨어지는 소리가 들렸다. 윌리엄의 두 눈에 눈물이 맺히고 입술은 파르르 떨렸다.

"윌리엄! 윌리엄!"

할머니는 눈물을 훔치며 뛰어나가는 윌리엄을 큰 소리로 불러보았지만 아무 대답이 없었다. 윌리엄은 무작정 학교를

향해 달렸다. 땅바닥이 미끈거리고 흙탕물이 튀었지만 살면
서 제일 빠른 속도로 달려야 했다. 쏟아지는 비를 맞아 덥지
도 지치지도 않았다.

'라이니스! 라이니스! 제발!'

자신이 도대체 왜 라이니스를 잊고 있었는지 이해가 되지
않았다. 단 한 번도 라이니스를 혼자 두고 집으로 온 적이 없
었는데, 이런 말도 안 되는 일을 저지른 스스로를 도저히 용
서할 수 없었다. 농장일도, 무지개 마을도 아무것도 생각하
기 싫었다. 오로지 라이니스를 빨리 만나게 되기만을 간절히
소망했다. 윌리엄은 학교를 향해 달리는 동안 라이니스가 비
를 피해 숨어 있을 만한 곳을 떠올려 보았다. 두 손으로 귀를
막고 눈을 꼭 감은 채 오빠가 나타나기만을 기다리고 있을
라이니스를 생각하니 미칠 것만 같았다. 한 치 앞도 보이지
않는 어둠 속에서 얼마나 무서워하고 있을지.

윌리엄이 달려간 길을 한참 동안 보고 있던 줄루 할머니
는 푸념한 채 안으로 들어왔다. 걷기도 힘든 몸으로 쏟아지
는 비를 뚫고 아이들을 찾아 나설 수 없는 노릇이었다. 할머
니는 나뭇가지 하나를 모닥불에 올려놓으며 제발 아이들이
무사히 돌아와 따뜻한 모닥불에 다 같이 몸을 말릴 수 있

기를 간절히 기도했다. 어린아이들을 제대로 건사하지 못할 만큼 늙고 병든 자신의 모습을 생각하니 하염없이 눈물만 흘렸다.

"라이니스!"

"라이니스!"

학교에 도착한 윌리엄은 제일 먼저 8세 반 교실로 뛰어갔다. 하지만 라이니스는 없었다. 교실과 운동장 구석구석을 뛰어다니며 불러 보았지만 라이니스는 보이지 않았다.

"라이니스!"

"라이니스!"

윌리엄은 다시 운동장 한가운데로 와서 라이니스의 이름을 크게 불러보았다. 하지만 아무 대답이 없었다. 윌리엄은 교문 밖에 나와서도 학교를 향해 뒤돌아서 라이니스의 이름을 몇 번이나 불렀다.

도로엔 무겁고 더운 습기가 가득했다. 무서운 천둥소리는 더 이상 들리지 않았다. 윌리엄은 비가 그친 줄도 모르고 있었다. 기운이 빠져 도저히 달릴 수가 없어 길을 따라 천천히 걷기만 했다.

'오빠!'

어딘가에서 라이니스가 자신의 이름을 불러준다면 얼마나 좋을까 생각했다. 윌리엄은 자신이 깊은 꿈속에서 아직 깨어나지 못하고 있는 것 같았다. 어제 웅덩이에서 메기를 잡을 때부터 지금까지 겨우 하루가 지났을 뿐인데 이해하지 못할 일들이 너무도 많이 일어났다. 리비아 누나에게 먼저 말을 걸고, 할리 아저씨의 두 눈을 똑바로 쳐다보았던 자신의 모습은 도대체 어떻게 된 것일까? 머릿속이 복잡하고 어지러웠다. 제발 이 모든 것이 꿈이기를, 굼벵이를 구워 먹으려던 저녁 시간으로 아무렇지 않게 돌아가기를 간절히 바랐다.

도로 곳곳에 생긴 작은 물웅덩이 안에서 반짝반짝 빛나는 것들이 눈에 띄었다. 윌리엄은 가던 길을 멈추고 고개를 들어 하늘을 쳐다보았다.

'이렇게 멋진 별들을 가졌으면서…….'

거짓말같이 맑게 갠 하늘을 바라보던 윌리엄의 두 눈에서 눈물이 흘러내렸다. 카마야의 신이 사람들에게 늘 좋은 일만 하는 것은 아니라는 생각이 들었다.

'라이니스!'

커다란 구름 덩어리들이 빠르게 흘러갔다. 지평선에서 하늘 가장 높은 곳까지 빛나는 별로 가득한 밤은 동생을 찾지 못한 11살 어린 아이가 품기엔 너무나도 가혹한 선물이었다.

라이니스가 곤히 잠들어 있기를 마지막으로 기대하며 들어선 집 안은 아이들을 기다리는 줄루 할머니의 걱정으로 가득했다.

"라이니스는?"

윌리엄은 할머니의 물음에 대답하지 못한 채 의식을 잃고 쓰러졌다.

32

"윌리엄?"

침대 위에서 눈을 뜬 윌리엄은 다정한 목소리로 자신의 이름을 부른 사람을 멍하니 쳐다보고 있었다.

"그래, 엄마야."

"에스더? 엄마?"

"응, 엄마야. 엄마 많이 보고 싶었지?"

엄마는 윌리엄을 꼭 껴안아 주었다. 오랜만에 안겨보는 엄마의 품은 정말 따뜻하고 포근했다.

"오빠!"

호텔 문을 열고 들어온 라이니스가 윌리엄을 큰 소리로 불렀다.

"어?"

윌리엄은 하얀 드레스를 입고 있는 라이니스를 신기한 듯 쳐다보았다.

"엄마가 사줬어. 예쁘지?"

"그, 그래. 그런데 너 어제 어디 갔었어?"

"나? 엄마가 학교에 와서 같이 갔어."

"어휴! 오빠하고 같이 가야지. 내가 얼마나 찾았는데."

"아, 미안해. 엄마 보니까 너무 좋아서."

"윌리엄! 배고프지? 우리 아침 먹으러 가자. 밑에 줄루 할머니도 기다리고 있어."

엄마의 손에 이끌려 아래층으로 내려가는 동안 윌리엄은 생전 처음 보는 대리석 바닥과 화려한 조명에서 눈을 떼지 못했다.

아래층 레스토랑에는 정장을 입은 외국인들이 삼삼오오 모여 식사를 하고 있었다. 테이블 위에 놓인 하얀 접시에는 생전 처음 보는 다양한 음식들이 담겨 있었다. 엄마를 따라가던 윌리엄은 유리창 밖에 커다랗게 핀 무지개를 발견하고 발걸음을 멈췄다.

"무지개!"

"응, 오빠. 무지개 정말 크지?"

"엄마! 여기가 무지개 마을이에요?"

"그럼."

"매일 무지개를 볼 수 있어요?"

"물론이지. 만져 볼 수도 있는걸?"

"정말요? 그럼 나 지금 한 번만 만져보고 올게요."

윌리엄은 엄마 손을 놓고 무지개를 향해 뛰어갔다.

"윌리엄!"

"윌리엄!"

33

"윌리엄!"

"윌리엄?"

8세 반 앨리스 선생님이 윌리엄의 어깨를 토닥거리며 이름을 불렀다.

"윌리엄! 정신이 좀 드니?"

희미하게 보이는 여인은 엄마가 아니었다.

"이틀 동안 저렇게 잠만 자고 있습니다."

"윌리엄 이것 좀 마셔봐."

앨리스 선생님은 윌리엄을 일으켜 세운 후 할머니가 건네주는 약을 윌리엄의 입에 갖다 댔다. 한 모금 삼킨 윌리엄은 메기를 잡은 날 밤 할머니가 입에 넣어주었던 검은 물이라는 것을 알았다.

"라이니스 못 봤니? 분명히 오빠하고 자전거를 타고 가겠다고 했는데."

윌리엄은 앨리스 선생님을 물끄러미 쳐다보더니 고개를 좌우로 흔들었다.

"큰일이네. 어딜 갔을까요? 그렇게 공부 잘하고 착한 애가."

앨리스 선생님의 걱정스러운 말을 듣고 있던 할머니는 크게 한숨을 쉬었다. 윌리엄은 아직 정신을 제대로 차리지 못한 듯 라이니스가 사라진 집안을 멍하니 바라보고 있었다.

34

애꾸눈이라는 이름에 걸맞지 않게 멀쩡한 헤드라이트를 단 트럭은 드넓은 잠베지강을 거슬러 카마야를 향해 빠르게 달리고 있었다. 뜨거운 태양 빛이 짐칸에 가득했지만 윌리엄은 시원한 바람을 맞으며 구름 하나 없는 파란 하늘을 감상하고 있었다.

'달걀, 닭고기, 감자, 옥수수…….'

시장에서 사야 할 식료품을 하나씩 떠올리던 윌리엄은 주머니에 두둑하게 들어있는 콰차를 쳐다보며 리비아 누나의 아이들을 위해 프리타와 사모사도 사야겠다는 생각을 했다. 이제 월말에 받은 월급으로 할머니를 위해 맛있는 음식을 만들고, 아이들 간식을 사주고도 많이 남을 만큼 콰차는 충분했다.

메기를 먹고 배탈이 났던 에드워드 형은 며칠 뒤 멀쩡

하게 농장에 나와 일을 하다가 그다음 해부터 빅토리아 밀(Mill)로 옮겼다. 윌리엄은 오늘도 그곳에 커피를 내려놓고 오는 길이었는데 그때 그 사건이 있고 난 이후로 에드워드 형은 단 한 번도 자신을 괴롭히지 않았다. 예전처럼 같이 물놀이를 하지는 않지만 주말에 가끔 만나 식사를 하고 이런저런 이야기를 나눈다. 요즘은 와인을 만드는 방법으로 커피를 가공하느라 몹시 바쁘다고 했다.

윌리엄은 앨리스 선생님이 집에 찾아온 이후로 학교에 가지 않았다. 물론 커피 농장을 오가는 동안 멀리 있는 학교를 쳐다보기는 했지만 윌리엄의 학교 공부는 라이니스가 사라진 이후로 완전히 끝이 났다.

윌리엄은 이제 일주일에 몇 번씩 무지개를 볼 수 있었다. 빅토리아 밀(Mill)을 다녀올 때마다 볼 수 있는 폭포에는 커다란 무지개가 자주 떠 있었고 많은 외국인이 무지개 가까이 다가가서 사진을 찍었다. 외국인들은 주로 빅토리아 폭포 옆에 있는 큰 호텔에서 지냈는데 윌리엄이 에드워드 형의 일을 그대로 해 온 지난 몇 년간 단 한 번도 호텔에 갈 기회는 없었다.

엄마가 태어나고 살았다던 무지개 마을은 아마도 빅토리아 폭포의 무지개를 볼 수 있는 마을 중 하나였을 것이다. 윌리엄은 무지개를 볼 수 있는 마을을 찾아 빅토리아 폭포 주변 지역을 몇 번 돌아다녀 보았지만 엄마는 없었다. 물론 라이니스도 다시 만날 수 없었다.

할머니는 엄마가 라이니스를 몰래 데려갔다고 했다. 할머니와 같이 사는 것보다는 훨씬 좋은 일이니 너무 걱정하지 말라고도 했다. 윌리엄은 자신이 가진 가장 소중한 것을 잃어버렸다는 생각에 한동안 많이 힘들었다. 하지만 할머니의 말처럼 라이니스가 엄마의 사랑을 받으며 더 좋은 곳에서 생활한다고 생각하니 점점 마음이 편안해졌다. 라이니스를 떠나보낸 슬픔이 사그라진 이후로 두 사람은 훨씬 많은 대화를 나누며 서로에게 의지했다.

"어?"

"아저씨! 아저씨!"

윌리엄은 자신이 기대어 있던 운전석 뒤 창문을 두드리며 할리를 불렀다.

"왜? 무슨 일이야?"

"잠깐만요. 차 좀 세워요."

트럭이 멈추자 윌리엄은 짐칸을 훌쩍 뛰어내린 후 비탈진 잠베지강둑 아래로 내려갔다. 풀숲을 헤치고 걸어가던 윌리엄은 트럭 위에서 본 반짝거리던 물체를 찾아 어깨에 메고 올라왔다.

"자전거네?"

"예."

"탈 수 있겠어?"

"손 좀 보면 될 것 같은데요."

핸들을 이리저리 돌려보던 윌리엄은 짐칸에 자전거를 실었다.

"출발할까?"

"예!"

윌리엄은 자전거를 자신의 옆에 눕혀 놓고 흔들거리지 않도록 손잡이를 꽉 잡았다. 스탠드가 떨어져 나간 뒷바퀴가 '띠리리리' 소리를 내며 천천히 움직였다.

35

큼지막한 쇠 주걱으로 냄비 안의 닭고기와 감자를 이리 저리 뒤집던 윌리엄은 닭고기가 모두 익은 것을 확인한 후에 냄비를 화덕에서 내려놓았다. 시마를 만들 다른 냄비를 화덕 위에 올려놓은 윌리엄은 마른 나뭇가지를 화덕 안에 밀어 넣었다. 구멍이 숭숭 뚫린 양철통 화덕 안쪽으로 꺼져가던 불이 다시 피어올랐다. 윌리엄은 냄비 뚜껑을 열어 시장에서 사 온 옥수숫가루를 물에 풀고는 주걱으로 계속 저었다. 옥수숫가루는 달고 고소한 향기를 내며 죽처럼 묽어지더니 이내 손으로 집어 먹을 수 있을 정도로 뻑뻑해졌다. 윌리엄은 시마를 내려놓은 후 할머니를 찾았다.

다리가 아파 걷는 것조차 힘들어하던 줄루 할머니는 윌리엄이 시장에서 사 온 감자나 생선, 닭고기로 만든 음식을 먹고 나서부터 상태가 점점 좋아졌다. 윌리엄은 자신이 음식을 준비하는 동안 아마도 할머니가 불을 피울 나뭇가지를 주우러 가셨을 것이라 생각했다. 이미 주워 놓은 나무가 충분했지만 할머니는 그렇게라도 윌리엄에게 도움이 되고 싶어 하시는 것 같았다.

"할머니!"

"할머니!"

할머니를 찾아 집 주위를 둘러보던 윌리엄은 한참 동안 잊고 지내던 무언가를 발견하고는 미소를 지었다. 윌리엄은 흙벽에 기대어 선 후 한 발 한 발 천천히 걸었다.

"하나, 둘, 셋, 넷, 다섯, 여섯, 일곱."

일곱까지 센 윌리엄은 만감이 교차하는 듯 입을 꾹 다문 채 돌덩이 앞에 쪼그리고 앉았다. 돌덩이를 뒤집자 색이 바랜 프리지 봉지가 나타났다. 프리지 봉지를 집어 든 윌리엄의 코끝이 찡해졌다.

윌리엄은 라이니스가 사라진 다음부터 커피 농장에서 받은 콰차를 더 이상 프리지 봉지에 숨기지 않고 할머니에게 주었다. 그렇게 시간이 지나는 동안 돌덩이를 찾는 일은 점점 줄어들었고 윌리엄의 기억에서 아예 잊혀졌다.

윌리엄은 콰차를 프리지 봉지에 넣고 나면 항상 걸음이 하나 줄었던 게 생각나서 피식 웃었다. 주머니에 콰차가 두둑

하게 들어 있었지만 카마야의 신이 하려고 했던 말이 무엇인
지는 알 수 없었다. 요즘은 콰차가 많아서 늘 좋은 음식을 먹
을 수 있게 됐지만 그때만큼 설레지는 않았다.

프리지 봉지 위에 돌덩이를 덮어 두고 일어선 윌리엄은 무
슨 생각이 났는지 다시 돌덩이를 뒤집었다. 윌리엄은 주머니
에서 2콰차를 꺼내어 프리지 봉지에 넣은 후 시장에서 라이
니스에게 사주지 못했던 사모사와 프리타를 떠올렸다.

36

구름 한 점 없는 맑은 하늘과 경쟁하듯 수확 철을 맞은 농장은 짙은 초록의 커피나무와 형형색색의 옷감을 두른 여인들로 가득했다. 검붉게 익은 커피 열매가 자신의 존재를 알리듯 따뜻한 산들바람에 흔들거리면 여인들은 단번에 녀석들을 따서 바구니에 담았다.

할리 아저씨는 밀짚모자로 얼굴을 가린 채 트럭의 운전석에 누워 달콤한 낮잠을 자고 있었다. 윌리엄이 커피 농장에서 새로운 일을 알아가는 만큼 할리 아저씨가 낮잠을 자는 횟수도 점점 늘어났다.

콧등에 송골송골 땀방울이 맺히도록 열심히 커피 바구니를 채우던 윌리엄은 말랑말랑하게 잘 익은 커피 열매를 하나 따서 자신의 입안에 넣었다. 빅토리아 밀(Mill)을 드나들면서부터 아시아인이 원했던 것은 커피 열매의 과육이 아니라 씨앗이라는 걸 알게 되었다.

커피 열매를 깨물자 달고 향긋한 과육이 터져 나왔다. 미끌미끌한 과육이 완전히 사라질 때까지 빨아 먹고 난 후 씨를 멀리 뱉으면서 놀던 기억이 마치 엊그제 일처럼 생생하게 떠올랐다.

'라이니스!'

윌리엄은 언젠가 자신이 빅토리아 밀(Mill)에서 일하게 되면 본격적으로 엄마와 라이니스를 찾아볼 생각이었다. 그리고 그들에게 자신이 카마야의 커피 농장에서 많은 일을 하고 있다는 사실을 꼭 알려주고 싶었다. 카마야 커피 농장에서 에드워드 형이 하던 일을 하게 된 것처럼 엄마와 라이니스도 반드시 다시 만날 수 있을 것 같았다.

"본세 아바 무 포케렐라 바 리펠레 마카 아쿠바 바나!"

농장 어디선가 흥겨운 노래가 들려오자 여인들이 다 함께 노래를 불렀다. 윌리엄도 어깨를 들썩거리며 그들과 함께 노래를 불렀다.

"쿠바 바나 쿠바 바나 쿠바 바나 바콰 레사!"

윌리엄이 어설프고 가냘픈 목소리로 이어서 선창하자 리비아는 흐뭇한 표정으로 윌리엄을 바라보며 함께 노래를 불렀다.

37

내리막길을 빠르게 달리던 자전거가 카마야 다리를 지나 멋지게 멈춰 섰다. 윌리엄은 손잡이에 걸려 있던 비닐봉지를 빼낸 후 자전거를 길가에 눕혔다.

"와! 윌리엄 형이다!"

"와! 와!"

물에서 놀고 있던 카마야의 아이들이 윌리엄 주위로 몰려 왔다.

"덥지? 이거 하나씩 먹어."

아이들은 윌리엄이 나누어 준 반쯤 녹은 프리지를 게 눈 감추듯 빨아먹고 다리에서 뛰어내렸다. 그리고는 윌리엄에게 빨리 물 안으로 들어오라고 아우성을 쳤다. 윌리엄은 웃옷을 벗어 자전거 옆에 두고 다리 위에 올라섰다. 크게 심호흡을 하자 농장 일을 하는 동안 생긴 단단한 복근이 위아래로 씰

룩쌜룩 움직였다. 윌리엄은 까르르 웃고 떠드는 아이들 사이로 멋지게 다이빙을 했다. 아이들은 윌리엄이 물 밖으로 나오기도 전에 등과 어깨에 올라타서 재미있다며 웃고 떠들었다.

"얘들아 잠깐만!"

윌리엄은 개구쟁이들을 떼어 놓은 후 바지 주머니에서 한 움큼의 커피 열매를 꺼냈다. 아이들은 윌리엄의 손에 든 커피 열매를 더 많이 가져가려고 환호성을 지르며 물 위로 첨벙첨벙 뛰어올랐다. 한바탕 소란이 있은 후 냇가 이곳저곳에는 아이들이 과육을 발라먹고 내뱉은 씨앗이 둥둥 떠다니고 있었다. 카마야의 뜨거운 바람이 윌리엄이 눕혀 둔 자전거를 스쳐 지나가자 뒷바퀴는 '띠리리릭 띠리리릭' 소리를 내며 천천히 움직였다.

에
필
로
그

"오! 아만지! 오랜만인데?"

"아, 안녕하세요. 빅터 사장님."

"바쁜가 봐?"

"예, 요즘 카마야에 학교를 짓고 있는데 거기서 일하고 있습니다."

"어, 그래? 바빠도 자주 와야지. 단골인데."

"예, 예."

빅터는 수줍어하며 사라지는 아만지를 향해 손을 들어 인사를 하고는 검은색 페인트가 칠해진 건물로 들어갔다.

"나오셨어요?"

"그래, 오늘 손님 좀 있었어?"

"예. 조금 전에."

"아! 그 친구? 봤어. 오랜만에 온 것 같은데?"

"예, 요즘 좀 바쁜가 봅니다."

"참! 빅토리아에서 오기로 한 아가씨는?"

"아직 안 왔는데요."

"오늘이나 내일 온다고 했으니까 하루 더 기다려 봐야겠군. 혹시 오더라도 내가 말하기 전까지는 손님 받지 않도록 해."

"예, 사장님."

"저녁에 빅토리아 호텔에서 누굴 좀 만나기로 해서 먼저 들어가니까 문단속 잘하고."

"예, 사장님."

할리는 절뚝거리는 다리로 건물 밖에 나와 빅터를 배웅했다.

"너 이름이 뭐야?"

"에드워드요."

"학교 안 가고 여기서 뭐해?"

에드워드는 학교 이야기에 관심이 없는 듯 날카로운 돌조각으로 고목을 계속 후벼 팠다.

"야! 많이 잡았구나."

할리는 에드워드가 잡아 놓은 10여 마리의 굼벵이를 보며 말했다.

"이거 아저씨한테 팔래?"

에드워드는 의심스러운 눈초리로 할리를 쳐다보았다.

"자!"

할리는 주머니에서 1쾌차를 꺼내어 에드워드에게 건넸다. 에드워드는 자리에서 일어나 두 손을 바지에 몇 번 문질러 털어낸 후 1쾌차를 받았다.

"너! 아저씨 따라가서 일하지 않을래? 쾌차를 받을 수 있는데."

에드워드는 잠시 생각을 하더니 고개를 끄덕였다.

"좋지? 그럼 어서 차에 타."

할리는 짐칸으로 올라가라는 듯 에드워드를 향해 손짓했다.

"죄송한 말씀입니다만, 감염되셨습니다."

"예?"

"다행히 아이들은 괜찮은데, 상처가 나지 않도록 조심하시고 되도록……."

보건소를 나선 에스더는 넋을 잃은 표정으로 걷고 있었다. 윌리엄은 라이니스의 손을 꼭 쥐고 엄마의 뒤를 따랐다.

"윌리엄!"

멀리 집이 보이는 도롯가에서 에스더는 윌리엄 앞에 쪼그리고 앉아 눈을 맞추었다.

"카사바밭에 가서 일 좀 하고 저녁에 갈 거니까 라이니스 데리고 집에 가 있어. 알았지?"

윌리엄은 고개를 끄덕였다. 하지만 저녁에 온다는 엄마가 눈물을 글썽이는 이유를 알 수 없었다.

"라이니스 손 놓지 말고!"

"할머니 말씀 잘 듣고!"

에스더는 손을 맞잡고 걸어가는 두 아이를 향해 떨리는 목소리로 말했다.